講談社文庫

トランプ殺人事件

竹本健治

講談社

目次

〈一部♥赤のカード〉

♥A 注意書き 九
♥2 灰のなかから 一〇
♥3 会　話 一一
♥4 むしろ未来から 一二
♥5 錆臭い匂いまで 二九
♥6 プレイの裏側に 四七
♥7 消失——死の哲学 六二
♥8 そうやってても剃れない 七二
♥9 おかしくなる権利 七六
♥10 どこでもないこの部屋 八八
♥J 死者の深層心理 一〇四
♥Q カード・ゲーム用語表 一二五
♥K コントラクト・ブリッジ用語表 一三七
Joker 全体で三、四時間 一六一

〈二部♠黒のカード〉
♠A　人差し指で軽く　一七一
♠2　影の暗さに歩調を　一八三
♠3　対応が最初から　一九四
♠4　門をくぐるとき　一九八
♠5　一方で密約を　二〇六
♠6　痕跡はなかった　二一五
♠7　技術上の不能　二二七
♠8　さらに大胆な　二四一
♠9　もどかしく行を追う　二四九
♠10　足もと近くでなく　二六三
♠J　別れ、そして晩夏　二七一
♠Q　もう一度逆に　二七七
♠K　遠近のない透視画　二九四
Extra Joker　手紙　三一三
麻雀殺人事件　三三一
文庫版あとがき　竹本健治　三四七
解説　宮内悠介　三五二

トランプ殺人事件

一部　♥赤のカード

♥A　注意書き

Kのコントラクト・ブリッジ用語表
……前年九月発行。
Qのカード・ゲーム用語表
……前年十二月発行。
3の会話
……一月中旬。
2のメモ
……書かれた日は不明。七月二十六日発見。

♥2　灰のなかから

……なことは爛《ただ》れている。不自然だ。けれども、この状態をどうすればいいのだろう。この綱渡り、危ういバランス、アクロバットを、どうすればいいのだろう。答は眼の前に転がっている。それに手をのばすだけでいい。それですべてに終止符を打つことができる。

そして再び罠に堕《お》ちていくのだ。だからこそ、すべてがねじれているのだ。そうだ。何もかも間違っている。この堂々巡りがはじまったところから、あるいはそのずっとずっと前の時点から、意味のないすれ違い、行き違いは、雪だるまのように転がり続けていたのだろう。

決着はつけなければならない。問題をたったひとつのところへ絞りこまねばならないのだ。

しかし、同時にひとつの恐れはある。眼の前の解答に、本当に手をさしのばすことができるのだろうか。このねじ曲がった状態を、実は心の奥でひそかに楽しんでいたのではないだろうか。

矛盾はどこまで押し続いているのだろう。腰まで、胸まで、首まで泥水につかりながら、このぬかるみはいったいどこまで続いているのだろうか。……

♥3 会話

「あふさわに蔦《つた》ぞかなしみ濁酒《ラキ》のむ女《こ》……」

「長月に逢《あ》ふ女《こ》の水曲《みわた》採《さ》蘇羅《そら》染む……」

「前衛俳句っていうのかな。こういうの、僕は全然分かんないんだよね」

「ちょっと解釈をつけてくれよ」

「解釈って……そんな仰々《ぎょうぎょう》しいものじゃないのよ。ほんのお遊び」

「いいからさ。……『あふさわに』って？」

「会うとすぐに、という意味よ。転じて、軽率に、容易に、という意味を表わす副詞ね」

「濁酒《ラキ》ってのは」

「古代ギリシャのお酒」

「水曲《みわた》ってのも聞いたことがないな」

「川の流れの曲がって、水の淀んでいるところ、あるいは水の渦巻くところ」

「じゃ、『採蘇羅《さそら》』は」

「香の種類の名前よ。沈香《じんこう》という植物から採るの」

「へえ……」

「やっぱり分かんないな」

「いずれにしても、あまりたいした句じゃないね」

「あ、そりゃ悪いよ」

「そうだよ。……いや、なかなかいい句だと思うよ」

「おや。分からないとさっき言ったくせに」

「あっはは、そこはそれ」

「まあ、いいじゃない。ほんのお遊びなんだから。私、好きなのよ。下手の横好き。ついでに言っちゃうけど、こちらにもひとつあるの」

「寝ずに考えてるんだよ。おかしいね」

「ううん。そんなことまでバラしちゃ駄目」

「いいじゃないか。どれどれ……」

「ふうん。……やっぱり分かんないね」

「お手あげだね」

「なかなか評判がいいじゃない」

「あんなことばかり言って」

「そうだよ。ひょっとして凄い傑作かも知れない」

「…………」

「秣場《まぐさば》に百舌《もず》鳴きつ秘史彫《ゑ》る手《て》逸《そ》れ……」

「月守《も》るに眩《まく》れて師走さな酔《ゑ》ひそ……」

♥4 むしろ未来から

魔女と箒《ほうき》のように。ビーカーとレトルトのように。シリウスとその伴星のように。瘦身《そうしん》と分裂気質のように——。

片方を思い描けば、必ずその横にもうひとつの影がひっそりと寄りそっている、といった具合に——。

二人はいつも離れずにいた。眼に見えぬ鎖で繋がれてでもいるかのように、二つの影は決して離れようとはしなかった。

そこまで完璧な共存を、天野《あまの》も不審に思わなかったわけではない。それというのも、彼のアンテナは人間のあり方に対して最も敏感だったからだ。

けれどもその興味を無闇に振りまわすことは彼自身の倫理に抵触することでもあった。そうだ。彼らは患者などではなく、そしてまた彼も探偵などではない。従って彼には二人のプライベートな部分を覗きこむようなまねはできなかったし、そうしたいとも思わなかった。まして二人は得難いカード・ゲーム仲間なのだ。酌《く》めども尽きぬカード・ゲームの面白さ、楽しさを分かちあうことに較べれば、そんな興味はほんの瑣細《ささい》な問題でしかないのだから。

ともあれ、けれどもその日は例外だった。天野がその喫茶店にはいると、思いがけず沢村詠子《さわむらえいこ》が窓際の席を占めていたが、そのそばに戸川雅彦《とがわまさひこ》の姿はなかった。

「やあ、詠子さん。戸川君はトイレ?」

天野は手をあげて呼びかける。

詠子は窓の外をぼんやりと眺めていたのだろう。坂道のなかほどに聳《そび》え立つ欅《けやき》の大木がしばし彼女の視線を捉えていたに違いない。眼にしみる濃い緑。坂道に落ちた涼しげな影。それらのひとつひとつが盛りゆく夏を的確に描き出していた。

「あら。天野さん」

どうしてここに彼が現われたのかという驚きの表情を露《あら》わにしたあと、彼女はすぐに笑顔を見せて、

「彼は編集の人と、打ち合わせを兼ねて美術館に行ってるのよ」

「へえ。珍しいですね。お二人が離ればなれでいるとは」

「私たちだって、年じゅうくっつきあってるわけではないんですのよ」

そう答える詠子の向かいの席の前には、しかし何分か前まで人がいたらしく、飲み終わったジュースのコップが残されている。

「どなたかとごいっしょだったんですか」

「ああ、それ。――原稿取りの人が来てらしたの」

「お忙しいようですね。イラストの仕事が」

「そうでもないんです。それでなきゃ、たびたび徹夜ブリッジなんてできませんわ」

そう言ってから、その言葉が天野に対してもあてはまるものだと気づいて、二人は示しあわせたように笑いだした。

「天野さんはどうしてこちらの店へ？」

「偶然ですよ。あなたが来てるとは思わなかった。園倉《そのくら》の家に寄ってみたら、奴《やっこ》さん、どういうわけか留守にしてるもんで、どこか近くの喫茶店で待とうと思って

「……」

「よかったですわね。私たちのマンションに寄っても留守だったわけですから」

詠子が戸川と同居しているマンションは、彼らブリッジ仲間が集まる園倉龍吉《りゅうきち》の住居から徒歩でも十五分ほどしか離れていなかった。どちらも世田谷区の閑静な区域にあって、天野の寮の周辺とは歴然とした雰囲気の差がある。

「園倉さんは四時頃戻ると言ってらしたから、もうそろそろではないかしら。戸川さんも美術館から直行するはずなんです」

「じゃあ、行きましょうか」

ウェイトレスに結局注文しなかったことを詫びて、天野は外にとって返した。

店の外に出ると、蟬の声が耳を占領した。汗が再びどっと噴き出す。その年は涼しい夏になると言われていたが、夏嫌いの天野にとって、そんな言葉は彼と無関係な別のどこかで囁《ささや》かれているとしか思えなかった。

園倉の家は二階建ての白い洋館だった。大正の頃にフランス人が建てたものとあって、部屋数は少ないものの、贅沢に空間を使っている。独身貴族を気取る園倉が気に入ったのはその点だろう。学生時代、たまたま売りに出されていたのを、小切手一枚でポンと買ったのだという。

園倉は紀伊では有名な素封家《そほうか》の四男坊なのだ。

天野が園倉と知りあったのは、二年ほど前、四谷にあるブリッジ会館だった。その場で何度か対戦し、あるいはパートナーを組んですっかり気のあった園倉は、彼を自宅に招《よ》ぶようになった。戸川と詠子にはそこで紹介され、以来、四人は二週間に一度、定期的にテーブルを囲むことになる。

戸川と詠子は二人でひとつのペンネームを持つイラストレーターだった。天野が園倉と知りあうさらに一年ほど前、園倉はオリジナルの自家製カードを作ろうとした。彼は自分の鑑識《めがね》にかなうデザインができる人物を尋ねまわり、最終的に行きあたったのが《邪理《ジャリ》》という名前で、それこそが戸川と詠子の共有のペンネームだった。

それくらいだから、二人はまだ一般に名が知られるほど有名ではなかったが、耽美的で繊細なその作風は天野の眼にも才能は充分感じられた。できあがったカードは無論園倉の大のお気に入りで、その筋の連中のあいだでも評判が高かった。

天野と詠子が洋館に行くと、もう園倉は戻っていた。ややあって戸川も到着する。いつものように遊戯室でコントラクト・ブリッジの対戦がはじめられた。戸川＝詠子組と園倉＝天野組の対戦だ。

独立してデクレアラーとして戦うときもそうだが、戸川＝詠子組の強みは、むしろディフェンダーにまわったときにこそ発揮される。互いの思考が手に取るように分かるのか、そのコンビネーション・プレイは的確そのもので、喰い違うことなどほとんどない。

もしも二人がアイススケートでもやっていたなら、これほど息のあうペアはざらにはいなかっただろう。長身でがっしりした体格の戸川と、すらりとした美人の詠子なら、確かにスケーターとしても似合っている。

そしてその日のプレイでも、二人のチームワークは遺憾なく発揮された。

「参った、参った。今日の戸川＝詠子ペアには手も足も出ねえよ」

天野のパートナーである園倉は大きく体を仰反《のけぞ》らせながら、両手を高だかと天井に突きあげた。

「全くね。こちらはコンビネーションがバラバラだ。今のなんて、巧《うま》くやってれば2ダウンくらいさせられたんじゃないか？」

天野も片眉をひそめて答える。

「そうだったかな。ああ、俺も息のあった女のパートナーが欲しいよ。相手が天野じゃなあ」

「それはこっちの台詞《せりふ》だね」

そのやりとりに、詠子は人なつこい笑顔で、咽《のど》を震わせるような笑い声をあげた。

いくつかのラバーが終わって、四人のあいだには快い疲労感が漂っていた。ただクーラーの幽《かす》かな音だけが漆喰《しっくい》の壁に反響しあっている。

「少し冷房が弱いんじゃないか。暑いよ」

天野が言うと、園倉は皮肉っぽい表情で部屋の周囲に注意を促《うなが》した。

「勘違いしないでくれよな。俺がこの家に冷房を取りつけてるのは人間のためじゃなく、カードのためなんだぜ」

そこには棚ばかりでなく、壁や天井に至るまで夥《おびただ》しいプレイング・カードが陳列されていた。色とりどりのカードに埋めつくされた部屋は現実の世界とはかけ離れた不思議の国への入口を思わせる。園倉自慢の蒐集《しゅうしゅう》だった。

何にせよ、蒐集という趣味にはその品を見る者に膚寒《はだざむ》いような感覚を与えるところがある。天野は以前、切手の蒐集家にコレクションを見せてもらったことがあったが、そのときも同様な感覚に襲われた。家じゅうに展示された切手、切手、切手……。

もっといい例は彼の受け持った患者のなかにゴロゴロしている。精神科の医者である天野はそんな人間を何人も見てきた。もっとも彼らの大部分はマッチ棒だとか紙切れだとか、何の価値もないガラクタを集めて悦に入っている類いの連中だったが。

「これだけでいくらくらいかかってる？」

戸川が指で丸い輪を作りながら訊《き》くと、

「さあね」

園倉は鼻の下に短くはやした髭《ひげ》をつまんだ。

「今となってはちょっと見当がつかないな。安いのは安いし、思いきって大枚をはたいたのもあるし……」

「気に入っているのはどれなの？」

鈴を転がすような声で詠子も尋ねる。

「稀少価値ってのを別にすれば、やっぱり『カザノヴァ』かな。世界でいちばん美しいカードと言われてるけど、それだけのことはあるよ。それからソ連の『ロマノフ』なんかも好きだな。黒が主調でいいだろ。でも、実際のゲームには、何と言っても『バイスクル』か『ビー』だね。まあ、鑑賞用とは言えないが――」

そう言って、

「もちろん君たちのデザインしたのは別格だぜ」

と、つけ加えた。

園倉もだが、戸川と詠子のカード・ゲーム好きも昔からのものらしい。むしろ天野はブリッジのメンバーを揃えるため、三人のもとにていよく引きこまれたような恰好だった。天野がブリッジ会館などに出入りするようになったのは、ほんのちょっとした興味からに過ぎないのだ。

コントラクト・ブリッジ――最も優れたカード・ゲームのひとつとされるこの遊びは、しかし日本においてはほとんど知られていない。

日本は世界各国のうちでも極めて特殊なカード事情を有する国と言える。なかでも最大の特徴は、カード遊びは子供の遊びにしか過ぎないと、ひどく低級な扱いがされている点だろう。日本で知られているカード・ゲームは『ババ抜き』『七並べ』『神経衰弱』『うすのろ』『ダウト』『ページ・ワン』といったストップ系の単純な幼児ゲームか、『ナポレオン』『ツー・テン・ジャック』『セブン・ブリッジ』『大貧民』といった日本にしかないゲームがほとんどなのだ。

話題がその点にくると、園倉はいつも声高になった。

「そうだよ。たいがいの奴がブリッジといえばセブン・ブリッジのことだと思ってるだろう。誰があんな名前をつけたのかな。セブン・ブリッジはラミー系のゲームだから、本来『セブン・ラミー』とでも名づけられるべきなんだ。ブリッジという名は

『オークション・ブリッジ』や『コントラクト・ブリッジ』など、『ホイスト』から派生したトリック・テイキング系のゲームだけに使われるべきだぜ。ラミー系とトリック・テイキング系とでは原理からしてまるで違うのに……」

しかしそう言われても、カード・ゲーム通の三人と違って、まだその世界の門をくぐってまもない天野にはピンとこない。

「何だい。ラミー系とか何とか言われてもよく分からないよ」

「ゲームを分類するとき使う言葉さ。分類とひと口に言っても、これが難しいんだがね」

「難しくてもいいよ。図にしてくれ」

天野が口を尖らせると、詠子も面白がって、

「今やってみましょうよ。私、これもリストにしてみるわ」

やりはじめると、けっこうこれが大変な作業だったが、三十分近くあれこれ検討して、やっとできあがったのは次のようなものだった。

I　ストップ系

各種の規則に従ってハンドからカードを場に捨てていき、早くなくした者が勝つゲ

ーム　その他の単純なゲーム
ババ抜き　七並べ　ダウト　ページ・ワン　ゴー・フィッシュ　コメット　ストップ　大貧民　神経衰弱　うすのろ

Ⅱ　ラミー系
グループやシークエンスのセットを作っていくゲーム
ベーシック・ラミー　ジン・ラミー　ファイブ・ハンドレッド・ラミー　オクラホマ　コントラクト・ラミー　コンチネンタル・ラミー　バンキング　コン・キャン　カナスタ　セブン・ブリッジ

Ⅲ　ポーカー系
一定枚数のハンドの、カードの組み合わせ方の強弱が問題になるゲーム
ポーカー各種　ベイベル　ブラック　コルメス　ポッホ　プリメロ　アス

Ⅳ　バカラ系
カードの数字の合計が一定の数字に近いほうがいいゲーム
バカラ　シェマン・ド・フェール　カブ　キンゴ　ファーム　ブラック・ジャック　ドボン

Ⅴ　カシノ系

場のカードの数字とハンドのカードの数字をあわせて取るゲーム
カシノ　コパック　スコパ

Ⅵ　トリック・テイキング系
カードの強弱で一巡（トリック）の勝者が決まり、最終的に取ったトリック数を競うゲーム
オンブル　ソロ　ホイスト　ルー　ユーカー　エカルテ　ブラック・アウト　ファイブ・ハンドレッド　オークション・ブリッジ　コントラクト・ブリッジ　ピケ　スポイル・ファイブ　ナップ

Ⅶ　トリック・ポイント系
カードに与えられた一定の点数を、トリック・テイキングで集めるゲーム
①フロッグ系　ハンドのカードの組み合わせに点数がないもの
フロッグ　シックス・ビッド・ソロ　シープス・ヘッド　ハイ・ファイブ　カラブラセラ　キャッチ・ザ・テン　ユーコン　セブン・アップ　ハート　ブラック・レディ　ツー・テン・ジャック　ナポレオン
②ピノクル系　ハンドのカードの組み合わせに点数があるもの
タロッコ　ベジーク　シクスティ・シクス　マリッジ　ジャスス　クラバジャス

トリセット　ピノクル　スカート
Ⅷ　エリュシス系
論理学的な帰納法によって進めるゲーム
エリュシス　新エリュシス
Ⅸ　その他

「へえ……。実にいろいろあるものだね」

「ひとつひとつにこれまた様ざまなバリエーションがあるからな。特にストップ系など、驚くほどの種類があるって言うぜ。……それとポーカー。ポーカーとひと口に言っても、大別してドロー・ポーカーとスタッド・ポーカー。これに種々雑多なバリエーションが組み合わさって、細かく分ければ何十、何百という数になるだろうな」

「まさか、その全部の種類のゲームを試してみたわけではあるまいね」

天野が言うと、園倉はゆるくウェーブのかかった髪を撫でつけるような仕種を見せて、

「もちろんだよ。このリストの三分の二ぐらいだな。多人数でないとできないゲームもあるしね」

そう言って笑った。

「じゃあ、このなかでいちばん面白いゲームは何かな。やっぱりコントラクト・ブリッジかい？」

その質問には、園倉は困惑の表情を見せた。しばらく考えて、

「ひとつだけ、は困るな。四つあげたいところだね」

「いいよ」

「まずはイギリスの国民ゲーム、コントラクト・ブリッジは異存のないところだね。次にアメリカの国民ゲーム、ポーカー。それからドイツの国民ゲーム、スカート。それに加えて、新エリュシスもはずせない」

「ちょっと！」

他愛ないことを喋りあっていたとき、急にそう叫んだのは詠子だった。思わず押し黙ると、どこからか小さな音が聞こえてくる。

窓のない部屋だ。風の音ではない。

天野はゆるゆると天井を見あげた。そこには二十組千枚以上のヌード・カードが鋭いピンで貼り止められている。

「二階のようだね」

戸川がぼんやりと呟く。

「何の音だろ」

怪訝《けげん》な顔で園倉は立ちあがった。音は依然幽《かす》かに響いている。コトコトという、小さな生き物が走りまわるような音。

「ネズミはいないはずだがな」

貼り止められた裸の女たちは、よそよそしく何も答えない。

「ちょっと見てくる」

園倉の足音は部屋の外から階段をのぼり、厚い建材の層に遮られて消える。天野は不安げな詠子の顔に眼をやり、次いでポーカー・フェイスを保った戸川に視線を移した。

「音が消えた……」

その口から独り言のような呟きが洩《も》れる。再び耳を欹《そばだ》てると、確かに小さな音はいつのまにか静寂のあちらにまわりこんでしまっていた。園倉がネズミをつかまえたのか？　三人はプレイング・テーブルの周囲に座ったまま待ち続けたが、園倉はなかなか戻ってこない。

戸川がテーブルの上のカードをまとめ、わざとらしく派手な音をたててシャッフルする。二、三度それを繰り返し、トップのカードを器用な手つきで裏返すと、♠Q。

「ブラック・レディか」

ぽつりとそんなことを呟いて、戸川は立ちあがった。その戸川の黒いサマー・セーターのせいで、隣りに座っていた天野はいきなり闇が立ち塞がったような気がした。何百分の一秒かのあいだ、眩暈《めまい》のような感覚が天野を襲った。故知《ゆえし》れぬ感覚。この今のどこからでもない、むしろ、はるか未来から押し伝わってきたような印象だった。

戸川が扉をあけて部屋を出ていこうとしたとき、ようやく足音が戻ってきた。

「何だったんですか」

「分からん。捜してみたんだが」

園倉の表情はこれをまともなこととして受け取っていいものか、それとも馬鹿馬鹿しいこととして受け流すべきなのか迷っているように思えた。

「俺がドアをあけた途端、音が消えたんだよ。部屋のなかをあれこれ調べてみたんだが、別に何も見あたらない」

「じゃ、きっと何でもないいんだよ」

強いて快活な調子で天野は言う。

「そうだろうな。多分」

園倉はすぐに笑みを取り戻して、もとの席に腰をおろした。

「もう1ラバーやろうか」

「ハハッ、ゲーム人間だな。こちらに異存はないけど」

天野が応えたが、詠子はもうすっかりその気が失せたのか、

「ごめんなさい。私、もうそろそろ帰らなくちゃ」

生硬い表情で席を立った。

♥5 錆臭い匂いまで ◯

七月八日。


——気分はどうですか。

「いいですよ。ただ、ちょっと肩が重い」

——肩が？

「ええ」

——どちらのですか。

「右です。右肩」

——どうしてですか。

「猿が乗っているからですよ」

——どんな猿ですか。

「眼がまん丸で、緑色をしています。顔のまわりの毛が逆立って、そのほかの毛はしい、んなりしています。おとなしい奴ですよ。私が振り落とそうとしなければ……」

——振り落とそうとしたことがあるんですか。

「ええ。そりゃ、最初はね。でも、もの凄く暴れるんです。私の首に噛みついたりして……。今でも痕《あと》が残ってますよ」

——それはナイフの痕でしょう。

「いいえ。こいつがやったんですよ。ひどい目にあいました。何度かやってみたんですが、そのたびに狂ったようになるんです。今じゃ半ばあきらめてるんですがね。何もしなけりゃ、この通り、実におとなしいんです」

——じっとしてるんですか。

「ええ」

――いつ頃からそうなったんですか。

「さあて。……いつだったでしょうか。……ちょっと記憶が曖昧で……」

――ある日突然、猿が肩に乗ってたんですか。

「そうです」

――それ以前に、あなたはその猿を見たことがありますか。

「はて……」

――思い出せない？

「……ああ、そうだ。思い出しました。どうして忘れていたんだろう。……こいつは蒲団《ふとん》のなかにいたんですよ」

――蒲団？　誰の蒲団ですか。

「私のです。押入れから蒲団を出すと、こいつはもう姿を隠しちまっているんですよ。素早い奴です。でも、押入れにしまうと、こいつはもう蒲団のなかにもぐりこんで、じいっとこちらを見つめてるんです。押入れに棲《す》んでたのかな」

――それはいつ頃のことですか。

「子供の頃からですよ」

――気味悪くありませんでしたか。

「そりゃあ、やっぱりね。でも、時どきいろんなことを教えてくれましたから」

――何を？

「手拭いに毒が塗ってあるとか、ですね」

――毒？　あなたの家の手拭いですか。

「そうですよ。うちの祖母《ばあ》さんが私の使う手拭いに毒を塗っておいたんです」

――どうしてお祖母さんがそんなことをするのですか。

「もちろん私を殺そうとしてですよ。でも、そんな罠にはひっかかりませんよ。積み重ねて置いてある手拭いの、上から二番目を使えば大丈夫なんです。……アハハハ……ハハ……気の毒に。祖母さん、自分の計略に自分でかかって、私の次に手拭いを使ってたから、そのうちポックリいっちまった」

――あなたが子供の頃ですね。

「ええ」

――猿がどうやって毒のことを教えるんですか。

「視線ですよ。視線で分かるんです。それでいちばん上の手拭いを嗅いでみると、実にいやあな匂《にお》いがするんですね。ピンときました。手拭いを洗って置いておくのは祖母さんの仕事でしたからね。……でも、変ですね……」

――何がです。

「今でも時どき手拭いからその匂いがするんですよ。……誰かが私を狙ってるんです。無駄なことを……」

――無駄ですって。

「そうですよ」

――どうしてですか。その猿が教えてくれるからですか。

「いいえ。こいつはもうそんなことはいっさい教えてくれませんよ」

――じゃ、どうして無駄だと言えるんです。

「それは……言えませんね」

――なぜですか。

「……こいつに聞かれるとまずいんですよ……」

――秘密にしておきたいんですね。

「そうです」

――では聞かないことにしましょう。……それでは蒲団というか、押入れのなかに棲みつく前は、あなたはその猿を見たことはないのですか。

「ええ。そうだと思います」

——動物園などでも。

「動物園……。いいえ、私は小さい頃、そのようなところに連れていってもらったことがないですから」

——では、絵本とか何かで。

「……さあ。……憶えがないですね」

——結構です。

*

七月九日。メモから。

○

そうだ。確かに無駄だ。なぜなら私を殺そうとしなくても、私の右肩のこいつがいずれ私を殺すからだ。

おとなしい顔をしていて、猿は私を殺そうとしている。

そうだ。根がはえているのだ。ただ単に肩に乗っているわけではない。押入れはこいつの卵だった。そしてその殻を破ったこいつは私の体に取りつき、根をはやし、すっかり寄生してしまっている。そういう生き物なのだ。根の先は私の肺や胃袋や心臓にまでしっかりと絡みついている。引き剝がそうとすれば私の命が危ない。

そうしてこいつは私の体から養分を吸いあげ続けるのだ。私が完全に干物になるまで。私の体が空洞になるまで。私の息の根を止めてしまうまで。

私には分かっている。猿は私の命そのものを吸って生きているのだ。幼い頃、私にあのようなことを教えてくれたのも、すべてこのためだったのだろう。

だから、私にはひそかな愉《たの》しみがある。こいつに手痛いしっぺ返しを喰らわせてやるのだ。まだ私の手拭いに毒を塗りつけている何者かの手を借りて、私は復讐を果たすだろう。

これはすべて、秘密でなければならない。

＊

◯

七月十二日。昼さがり。中庭で。

「アハ……アハ……ハハ……楽しいよ」

「…………」

「これはかけひきなんだ。騙しあい。嘘の嘘。どこまで嘘が通用するか。肩に猿なんて乗っているわけじゃないさ。奴ら、騙されてるんだ。すっかり信用してる。アハハ、こんなこと、何も喋らないあなただから話すんですよ。……どうして私がこんなところにいると思います？……ハハ……ハハ……演技なんですよ。そうでなきゃ、何で私がこんなところで、あなたとこんな話をしているものですか。……いや、これは失礼。こんなところと言っちゃ悪いですね」

「…………」

「ひょっとすると、私の手拭いの匂いはあなたのせいですか。……アハ……アハ……。ともかく、誰も彼も他愛のない連中です。私の掌《て》の上で踊らされて……。いや、気の毒と言うべきでしょうか。……オヤ、不審そうな顔ですね。なぜ私がそんなことをしなくちゃいけないのか、と言うんですか」

「…………」

「聞きたそうですね。教えてあげましょうか。……単なる遊びなんですよ」

「…………」

「信用できない顔ですね。ごもっともです。でも、本当なんですよ。どこへ行っても、理由、理由、理由……。こんなことをするにはよほど重大な理由があるはずだ、なんてふうによく言われますが、ハハ、そうなんでしょうかね。例えば人を殺したりとか、自殺したりとか、そんなことに重大な理由なんて必要なんでしょうか。私には分かりませんねえ。……そうしないことにさしたる理由がないように、そうすることにもさしたる理由はないんですよ。私はそう思いますね」

「…………」

「フフ……だけど、オヤオヤ、今私が言ったことすら、もしかすると作り事かも知れませんよ。……アハハハ……ハ……どうなっているんでしょうか。……アハ……ハハ……」

「…………」

「何ですか。馬鹿にするなと言われるんですか。でも、そんなつもりはないんですよ。とにかく私は私の楽しい遊びに耽《ふけ》っているだけのことなんですから。……ひょっとすると、やっぱりあなたは連中の仲間なんですか。……アハハハ……ハハ……ハハ…………」

＊

「どう思う？」

縦縞のクレリック・シャツの胸もとをはだけて、天野は悪戯《いたずら》っぽい笑みを浮かべながら呼びかけた。

「どうって……」

三つに分けて綴《と》じられたその書類を膝もとにおろし、ぼんやりと答えたのは須堂《すどう》だった。

須堂信一郎《しんいちろう》。

つるりとした茹で卵にちょぼちょぼと眼鼻をくっつけたような顔のこの男は、天野とは大学時代からの友人である若き大脳生理学者だった。二人はどちらも長身だが、眼鼻が大きく、彫の深い天野と、いささか頼りない印象を与えるのっぺりした造作《ぞうさく》の須堂とは、全く対照的な取りあわせだと言える。

また、見てくれ同様、その性格も茫洋《ぼうよう》としてつかみどころのない部分があった。多くの人びとは少し彼と喋っただけで（あるいはかなりのところまでつきあいを深めても）、小心なくせに昼行灯《ひるあんどん》な、邪心だけはかけらもない変わり者と判定を下すだろう。

しかし天野は彼の頭脳が端倪《たんげい》すべからざるものであることをよく知っていた。その能力は時折り噴きあがる間歇泉《かんけつせん》のようなもので、彼の専門分野においては既に何度か華ばなしい噴出を見せている。

その須堂が最近は全く別の領域でも能力を発揮しはじめていた。それは探偵として現実の事件の真相を解明することだった。ただし、彼が手をつけるのはたまたま自分自身が巻きこまれた事件に限られ、しかもその真相は公にされたことがないために、そうした部分での彼の能力はごく限られた人間にしか知られていないのだが。

思えば、彼の探偵としての才能は大学時代から既に片鱗《へんりん》を覗かせていたが、何と言ってもその本領を引き出すきっかけとなったのは、研究所に就《つ》いてのち、助手でミステリ・マニアの牧場典子《まきばのりこ》、その弟でＩＱ208の天才少年である牧場智久《ともひさ》らとトリオを組んだことだろう。最近では詰将棋にまつわる奇妙な事件を解明したのが大きなエポックであり、その終結にあたっては天野も少なからず力を貸したのだが――。

「……これだけを見る限りでは、不思議な話としか言いようがないね」

須堂はハイ・トーンの声で言葉を続けた。

チェシャ猫のような笑みを浮かべた天野はゆっくりと頬杖を崩して、

「じゃあ、説明をつけ足しておこう。最初のは、その人物への何度目かの問診《もんしん》の様子だ。妄想を伴う分裂症と診断され、入院している患者だよ。次のメモは患者の部屋で見つけたもの。最後のは、病院の中庭で僕がたまたま聞きつけた話の内容。建物の陰から気づかれないように盗み聞きしたんだ」

「ふうん。……面白いね。面白い」

須堂はしきりに首をひねりながら言って、

「最後の話が本当だとしたら、おたく、すっかり騙されたことになるじゃない。この人物の演技に、専門家もついつい本物の精神病者だと判定を下して。……でも、まさかそんなことはないよね。猿云々の妄想にも作為的な感じはないし、非常にリアリティが……。あ、待てよ」

後頭部をピシャリと自分で叩いて、須堂は相手の顔に向きなおった。

「この人物の頭がおかしいにしても、猿云々の妄想が創作であることには変わりないわけか。……アリャリャ。どういうことかな。……案外、最後の台詞は事実なのかも……」

思うさま散らかった須堂の部屋のなかで、天野はニヤニヤと笑いながら、それにはひとまず答えようとしない。

「待てよ、待てよ……。天野、こりゃ変だよ。気が狂ってるにしろ、正常にしろ、いずれにしても妄想のほうはデッチあげだし、あとの告白は嘘いつわりのないものになるじゃないか。だとすると、この人物が正常か異常か、いったいどうやって区別するんだい」

須堂の口調は次第に熱っぽくなっていった。

「さあ。そこが問題なんだよ」

天野は依然悪戯っぽい表情で合の手をいれる。もどかしくシャツの襟《えり》を開きながら須堂は訝《いぶか》しげな顔で、

「それだけ落ち着いているところを見ると、異常という判定には確たる自信があるんだね。……でも考えてみれば、この人物の場合、あらゆる努力を惜しまず精神病者になりすまそうとしてるんだよ。そりゃ、専門医の前で正常者が異常者の演技をして騙し通すのは極めて難しいことには違いないだろうけど、でも、その人物が優れた演技者であり、またある程度精神病の知識もあって、精神病者くささを出すコツをつかんでいる場合も全くないとは言えないじゃない」

「それはまあ、仰《おお》せの通りだね」

平然と天野は返して、

「現に犯罪者の精神鑑定などの場合にも、権威ある専門医のあいだで、正常か異常か全く意見が分かれることもある。詐病かどうかを判定するのは易しいことじゃないね」

「だったら——」

呆れたように叫んで須堂は、

「なおさらこのケースは単純に割り切れないはずだよ。それとも、《好きこのんで精神病院にはいりたがる》行為そのものを指して、精神異常への決め手にしたわけなのかな。そんな馬鹿げたことを実行しようとすること自体、頭がおかしい証拠だなんて……。でも、ひょっとすると、それだけで異常と判断するのは間違いかも知れないよ。もしかするとそれは個人的な趣味の問題と言ってもいいかも知れないし」

西日の射しこむダイニング・キッチンで、テーブルを挟んだ須堂と天野は時ならぬ《精神病診断》論を戦わせる恰好となった。もっとも天野のほうでは、自分の持ち出した書類が予想外に相手の反応を呼び起こしたことを楽しむふうだし、須堂にしてもあくまで診断不可能論を押し通そうというのではなく、ちょっとした論理ゲームを指し進めるほどの気分でしかなかったが。

「もちろん、それだけではないよ」

「つまり、ほかに決定的な材料があるんだね。でも、この場合、幻覚や妄想の類いをいくら証拠として揃えていっても、それらはすべて巧妙な創作や演技であり得るんだよ。……嘘発見器とか、得意の催眠術を使ったの」

しかし、その質問にも天野は首を横に振った。

「そういった類いのものには頑強な拒絶を示すんだ」

「いよいよ妙だね」

須堂はちらりと窓ガラスのほうに眼をやった。ガラスは紅《あか》く、血のように燃えている。

「まさか……『もし正常だったとしても、本人が病院に居たがっているのだから、好きにさせておいてもいいんじゃないか』なんて考えてるわけでは」

「あっはは、そういう考え方もあるか。……でも、僕はそれほど寛容な人間じゃないよ」

須堂はしばらく首をひねりながら考えて、

「……確認するけど、最終的な診断はやっぱり分裂症ということなんだよね」

「うん。彼は今も元気に入院生活を送ってる」

「どういうことなの。このケースで、いったいどうやれば判定の確証が得られるっていうんだい」

　降参したように両手を突きあげる。

　ついに天野はこらえきれずに笑い声をあげた。

「ごめん、ごめん。その答は実に馬鹿馬鹿しいほど簡単なんだ。ただ、少しフェアじゃないんだけどね」

「フェアじゃない？」

「その前に念を押しておくけど、最後の話を僕が盗み聞きすることになったのは全くの偶然だよ。そこに作為はまるでない」

「うん。それはいいけど……」

「では、その書類を見る限り、どういう情景を思い浮かべる？」

「どうって、その人物が別の患者をつかまえて、口がきけないことをいいことに、自分の本心を語って聞かせている……」

「それが違うんだ」

　天野は須堂の鼻先に指を突きつけた。

「ち、違うって？」

「我らが猿使い君は、このとき誰も相手にしていなかったんだ。彼が楽しげに話しかけていた場所にはそもそも誰一人いなかったんだよ」

須堂はがくんと首を後ろに仰反らせた。

「何これ。全部幻覚相手の独り言なの。……参ったな。なるほどね」

須堂は頬をピシャピシャと叩き、しばらくして二人は大笑いになった。

「いや、実はこのことをきっかけに、僕はいいことを思いついたんだ」

「いいこと？　何だい、それ」

「それは……秘密だ」

患者と同じようなことを言い出してニヤニヤと笑みを洩らす天野の顔は夕陽を横ざまに受けて、溶けかけた蠟人形のようだった。

大学時代からのつきあいだったが、天野には時どき突拍子もない思いつきや行動に出て、須堂を面喰らわせるところがあった。今度もそのでんだろうか。

「言いかけておいて、秘密はないだろう」

「そのうち公開するよ」

「ちぇ。ケチなんだから」

しかしそこで急に天野の表情から笑みが遠ざかると、

「秘密といえば、むしろお前のほうにあるんじゃないのか」

えたのは明らかだった。

「え」

須堂の細い眉が反射的につりあがった。それだけで、天野の打診が見事に急所を捉えたのは明らかだった。

「ど、どうしてだい」

「隠し事のできない性格だね」

憐れむように言って、

「おたくとは十余年のつきあいだぜ。たいがいのことは見通せるよ。最近どことなく落ち着かないしね」

「ううむ。精神科医なんかを友達に持つんじゃなかったなあ」

「話してみないか」

「秘密。――秘密だよ」

「どっちがケチだ」

笑いながら言って、天野はそれ以上立ち入らなかった。

部屋のなかはすっかり血の色が満ち、明から暗へ、じわじわと移行していく。

――凄まじい色だな。

天野はふと錆《さび》臭い匂いまで嗅いだような気がした。

♥6　プレイの裏側に

いつものように四人がテーブルを囲む。

けれどもたったひとつ、いつもと違うところがあった。パートナーが組み換えられたのだ。それを提案したのは天野だった。

「いつもパートナーが固定しているのも芸がないよね。ひとつ、今宵は違った組み合わせでやってみないか」

「それはいい」

すかさず園倉は合の手を入れる。今までのスコアは戸川＝詠子組と園倉＝天野組でずっと加算されてきたのだが、現時点では前者の大きな勝ち越しで、ちょっとやそっとでは挽回のきかない形勢に持ちこまれていた。ここらでひと晩、パートナーを組み換えた対戦をするのもいい息抜きになる。

「いいですね。やりましょう」

戸川と詠子も奇妙な眴《めくばせ》をしあって賛意を示す。天野の提案は可決された。

「よし。組み合わせはカードで決めよう。……新しいのを用意するか」

園倉はいそいそと戸棚に立ち、ケースからまだ封の切られていない『バイスクル』の赤と青の二パックを取り出した。

カードはほぼひと月に一回の割合で新しいものと交換される。使用済みのカードはそのとき惜しげもなく棄《す》てられる。実技用のカードは消耗品であることを天野はここに出入りして初めて学んだのだった。

封を切って取り出したデックのうち、一組をテーブルの上でリボン状にひろげ、

「俺と天野で、どちらが詠子さんと組むかを決める。ハイ・カードを引いたほうが彼女とカップルになることにしよう」

天野はそれに従ってドローする。♥7。

「さて、ラッキー・セブンになるかどうか」

園倉は掌をこすりあわせ、一枚のカードをゆっくりと抜き出して裏返した。♣7。

「ありゃりゃ。詠子さんとはペアを組めなかったか。残念。……クラブのクラは園倉のクラ。まあ、しょうがないな」

妙なことを言って、園倉は詠子にウインクを送った。

「じゃ、光栄ながら、僕が詠子さんのパートナーだね」

天野はそう言って笑ったが、同時に何となく妙な気配も感じていた。二人がカード

を引き終え、ペアが決まったその瞬間、不必要と思えるほど空気が張りつめたのはなぜだろう。そして園倉のウインクを受け止めた詠子の表情にわらわらとよぎった翳《かげ》は。

それは職業柄、彼が身につけた鋭い嗅覚のようなものかも知れない。その場を占める心理的なエネルギーとでもいったものがほんのわずか過大となる瞬間を、彼は見逃さなかったのだ。

けれどもなおかつ、それは気のせいか、あるいは非常に瑣細なことであり得た。なぜならそんなことは、煮えたった油から急に油玉が弾けとぶように、全くありきたりな現象だったからだ。

天野は詠子と向かいあって着席した。

改めて四人でカードをドローし、ハイエストだった詠子が最初のディーラーになる。

ゲームには通常、裏模様が赤と青の色違いの二つのデックを使う。一回ごとのプレイでそれを交互に使用するのだ。次の回のディーラーがすぐにカードをディールできるように、その左隣りの者が前の回のときに、次の回に使うデックをシャッフルし終えておく。天野もそれに従って、詠子が赤のカードを配るあいだに、次の回に使う青のカードをシャッフルした。

ディールし終わって、四人は各ハンドを手にひろげる。

「ワン・ダイヤモンド」

ややあって詠子の鈴を転がすような声があがり、一回目のビッドが開始された。

天野のハンドは♠KQ6♥3♦AJ743♣10952。ダイヤモンドが切り札なら楽勝のケースだ。

案の定、詠子のほうのハンドもよく、コントラクトは5♦で決まった。オープニング・リードは園倉の♥2。ダミーの天野はハンドを場にさらす。

公式の場なら、無論、各プレーヤーはビッド以外の言葉をいっさい発してはならず、ダミーも黙ってプレイの進行を見守ることしか許されない。しかし、この場は気心の知れた者どうしの集まりなので、当然その原則はある程度緩められることになる。

天野は両側の園倉と戸川のハンドを覗きこみ、ポーカー・フェイスを保ちながら、ひそかに勝利を確信した。

ぱたぱたとプレイは進行し、結果はジャスト・メイク。

「幸先がいいね。頑張りましょう。詠子さん」

天野はOKのサインを作って気勢をあげた。

七月二十二日。土曜。風もなく、蒸し暑い日だったが、冷房のきいた部屋は快適だった。いつものように周囲には夥しいカードのコレクション。何百ものキングやクイーン、ジャックの視線が集まるなかで、ゲームは熱っぽく進行していく。

幸運は詠子＝天野組に傾いたまま、2ラバーが終わった。そしてその頃、天野は再び妙な想いに囚《とら》われはじめていた。

やはりどこかしら違うのだ。

いつもより冗談が弾まないわけではない。笑い声が少ないわけでもない。けれどもその下に重苦しく沈んでいるのは何だろう。今にも表面を突き破って噴きあげそうなぴりぴりとした空気は。

ひょっとしてここではゲーム以外の別の何かが行なわれているのではないか？　天野はそんなことさえ考えた。

三回目のラバーではしょっぱなに戸川＝園倉組がゲームを取り、続けてハートのグランド・スラムをものにして、いっきょに点差を大きく縮めた。

「ウーン。こりゃ油断ができなくなったぞ」

天野は上着を脱ぎ、身構えなおす。スラムを達成した戸川はチェックの上着のまま、ほっとしたような笑みを浮かべた。

「満塁ホーマーのあとに得てしてとんでもないエラーが出たりしますからね。気を引きしめなくっちゃ」

「全くね。……それにしても今のホームランは、あたった瞬間、もう球が場外に消えているといった感じだったな」

「全く、なすすべもなかったよ」

天野もそう頷いて、今のカードをシャッフルしはじめる。

「まあ待て。いったん休憩して、コーヒーでも淹《い》れようや」

園倉はキッチンに立ち、十分ほどして四つのカップを盆に載せて戻ってきた。天野が腕時計を見ると、もう夜中の二時近い。

「ゲームはどこで打ち切ろう」

「あと何ラバーかに決めておこうか」

「時間制にしない？　決めた時刻でまだラバーの途中だったら、そのラバーが終わるまでというふうに」

「うん、それがいいよ」

「じゃ、三時にしようか」

「決まりだね」

四回目のラバーがはじまった。

先程のスラムでツキが変わったかと思われたが、4◆のシャットアウト・オープンで詠子がデクレアラーになり、長考に長考を重ねてそれをメイクしてしまってから、運は再び園倉たちの手を離れたようだった。それに追い打ちをかけたのが、大勢の要《かなめ》ともいえるところで、デクレアラーとなった園倉の冒険的なプレイが裏目に出、リダブルで2ダウンを喫したことだった。

「すまん。無謀だった」

プレイが終わると、すぐ園倉はテーブルに手をついて謝ったが、戸川は堅く口を鎖《とざ》したまま、そちらを振り向こうともしない。

天野はぞくりとするものを背中に感じた。緊張に耐えかねた空気がついに表面を突き破りかけたのだろうか。しかし一瞬のその重苦しい雰囲気は詠子の言葉によって押し流された。

「でも、惜しかったわよね。クラブのクズ札のちょっとした具合で、逆に2オーバーくらいしてたはずだから」

天野は詠子の言葉に続けて軽口をとばし、忙しく次のディールをはじめる。

それからは低いコントラクトばかりが続き、互いにダウンも出るなどして、ひどく時間のかかった回になったが、結局四回目のラバーも詠子＝天野組の勝利に終わった。

「強いね」

戸川が詠子に、ぞっとするほど冷ややかな口調で言う。

「運よ。ラバー・ブリッジだもの。それに、これからどうなるか分からないわ」

「いやいや、なかなかのものだよ。きっと今までの僕たちのペアの勝率も、大部分、君の力で占められていたんだろうな」

「まあ。嬉しいお言葉」

園倉はと言えば、例のミスがあって以来、妙に口数が少ない。少々のミスくらいで腐ったり、萎縮《いしゅく》するような性格とは思えないが。天野はそんなことを考えながら、別世界にわずかながらのめりこんでしまっているような感触を未だ拭いきれないでいた。

腕時計を見ると、二時五十分。あと1ラバーで打ち切りだった。

「ちょいとトイレに行ってくるよ」

天野はそう言って席を立った。

部屋を出ると、薄暗い廊下は冷房に慣れた膚にむっとするほど暑苦しかった。熱帯夜というやつだろう。これからまだまだ暑い夜が続くのだ。

部屋を出てすぐ左手に二階への階段がある。天野はふと先日の夜のことを思い出した。結局あの音は何だったのだろう。

右手には居間と客室。そちらへまっすぐに廊下はのび、客室の角を右に折れてキッチンへと続いている。男の独り暮しの割に、家のなかは隅ずみまで掃除がいき届いていた。食器などもきちんと整理されており、いつ見てもその配置には乱れたところがない。

キッチンのひとつ奥が洗面所だった。天野は用を足したあと、洗面台で勢いよく顔を洗う。少しのぼせた頭に冷たい水は快かった。

タオルで顔を拭いながらふと眼の前の鏡を覗くと、背後の闇のなかにぽおっと青白いものが見える。何だろう。振り返ると、それは湯沸かし器の種火だった。

コーヒーのときだな。園倉らしくもない。窓があいているっていうのに……。

天野はカチンとそれを切っておいて、廊下に出た。

部屋に戻ると、緑のクロスを貼ったテーブルの上にカードがリボン・スプレッドされ、三人はもう次のディーラーを決めるためにカードをドローし終わっている。

「さあさあ。早く引いてくれ」

「すまん、すまん。……よし、これだ」

天野がドローしたのは♠Q。ハイエストだった。前回は天野の左隣りは園倉だったから、今回は戸川だ。

五回目のラバーがはじまった。しかしその回はあっというまに決着がついた。最初は4♠のコントラクトを園倉がメイク。続けて戸川が勇躍スラム・トライに突入し、7♠でコントラクトを決めたのだ。天野は一瞬の躊躇もなくダブルをかける。そしてそれに返ってきたのは戸川の「リダブル」という声だった。

その場の空気はいやが上にも緊張した。

天野のハンドは♠Q86♥QJ8♦6432♣1095。切り札がスペードで、Qに二枚のガードがある以上、フィネスにかからぬ限り、ダウンは必至である。

詠子はオープニング・リードに長考し、結局♦のQを選んだ。園倉のハンドが開かれる。ダミーの手は♠K432♥K54♦A♣KQ762。ルーザーの数は決して少なくない。

ダミーからはもちろん♦Aが出る。天野は♦2、デクレアラーの戸川は♦5を出し、リードはダミーに移った。

切り札のフィネスに取りかかるか？ ダミーからスペードの弱い札を出し、もし天野がQを出せば、戸川の手からAで切る。また、天野がQ以外の札を出せば、戸川がJを出す。Qのガードが一枚減ると、あとはAとKでQが殺されてしまう。

無論それは、Qが天野のほうにあることが戸川に分からぬ以上、確率二分の一の賭けでしかない。しかし、賭けとはいえ、普通にいけばダウンが免《まぬが》れないのだから、天野に向けてか、詠子に向けてか、とにかくフィネスを仕掛けてくるのは必定だ。

けれども戸川はスペードには手を触れず、ダミーからのリードを♣2に指定した。それを自分のAで取ったあともスペードに触れようとしない。

――フィネスを保留しているのか。しかし、それはそれで、あっさり切り札に取られる危険があるぞ……？

天野はいっこう切り札に向かわぬ戸川のプレイを訝しんだが、すぐにその理由の見当がついた。戸川は♠Jを持っていないのだ。それは詠子のハンドにあるのだ。だから戸川はフィネスに取りかかることすらできないでいるのだ。

天野は自分のハンドの♠Qを頼もしく見つめた。四人の女王のなかでは顎《あご》の小さい卵形の輪郭で、目鼻の均整といい、口もとのしまり具合といい、最も美人であるように思われる。

ふと天野はその女王の右頬に小さな黒い点があるのを見つけた。指で拭いても取れない。印刷のときからついていたしみだろう。けれどもその黒子《ほくろ》はかえって彼女の魅力を引き立てているような気がした。

妙な具合だった。切り札でのリードが全くないまま、プレイはどんどん進んでいく。そしてついに天野のハンドには三枚のスペードが残るのみとなった。

ダミーから♣7が出る。

天野は記憶力には自信があった。急いでそれを組み立てなおすと、クラブは残り一枚、確実に詠子のハンドにある。

天野の背中がじんと凍りついた。

躊《ためら》いながら♠Qを出す。戸川からは♠A、そしてやはり詠子の手から出されたのは♣J。天野は詠子の顔を見る。彼女の白い額には縦皺《たてじわ》が深く刻まれ、ありありと苦悶の表情が見えた。

続いて戸川のリードは♠10。詠子は眼を閉じ、♠Jを選ぶ。ダミーから♠K。天野は♠6。

リダブルは成立した。最後のトリックは戸川の♠9がハイエストになったのだった。

「お見事！」

驚嘆したように叫んだのは園倉だった。

「とてもメイクできないと思ってたよ。さっきのが場外ホームランなら、今度のはフェンスぎりぎり、ハイ・テクニックで持っていった感じだな」

かくして五回目のラバーはたった二回のプレイで終わった。戸川＝園倉組の大逆転だ。

詠子は戸川の顔をまじまじと見つめた。

その様子には徒《ただ》ならぬものがあった。

天野はぎょっとして詠子の口もとを見る。口紅を塗らなくともいつも血色よく輝いている唇が、しかし今は白く褪《さ》め、ぶるぶるとかすかに顫《ふる》えているようだった。

「知ってたのね。——やっぱり」

「え？　何を」

濃い眉をぴくりとも動かさず、そう訊き返した戸川が、詠子の問いを本当に理解できないでいるのか、それとも空とぼけているだけなのか、天野には判別できなかった。いや、それ以前に、詠子の言葉は何だったのか。

園倉の表情も不審の影に染まる。

詠子の褪めた顔に不意に血の色がのぼった。

「死ねばいいのよ」

その声は黄色く嗄《しわが》れていた。天野はぐらりと重心を失った。部屋のまわりの夥しいカードが鮮やかな彩《いろど》りを見せつける。何が起こっているのだ。いったい何が噴き出そうとしているのだろう。

「変なこと言うんじゃないよ。みんなびっくりしてるじゃないか」

窘《たしな》めるように戸川が言う。

「——そうね。……ごめんなさい、変なこと言って」

そのとき急に部屋の外から激しい高い音が聞こえはじめた。ホーン・ケトルの悲鳴だった。

「湯が沸いてるぞ」

照れ隠しのように遽《あわただ》しく席を立ち、ドアから出ながら、園倉は天野に言い残した。

「お前だな。また俺にコーヒーを淹れさせようってのか」

「僕じゃないよ！」

ドアのむこうに消えた園倉に言葉を投げつけて、それが終わるか終わらぬうち、天野は自分の言葉に全身が痺れるような恐怖を覚えた。

ほんの十分か十五分前、彼が小用でキッチンを通ったときには薬缶などかけられていなかった。そしてそのあとは誰も部屋から出なかったではないか。そうだ。彼は湯沸かし器のコックを閉めさえした。

記憶違いか？　彼のあとに部屋から出た者があったのだろうか。

そんなことはない。天野は何度も否定した。そのチャンスがあるのは一回目のダミーの詠子と二回目のダミーの園倉だけだ。そして二人は確かに席を離れなかった。

「誰が薬缶をかけたんだ？」

天野はゆらりと立ちあがった。部屋は宙空に吊りあげられた箱舟のように頼りなく、その揺らめきにつれて、カードがざわざわと囁きを交しているような気がした。

天野の言葉の意味を悟って、敏感な反応を見せたのは詠子だった。

「天野さんじゃないの？」

「違う。僕がキッチンを通ったときは――」

園倉が火を消したのか、カン高い悲鳴は静かに消えていった。

「――コンロに火などついてなかった」

詠子は口籠《くぐも》った声をあげて、戸川にはたと身を寄せた。

♥7　消失――死の哲学

「怯える詠子さんを残して、僕と戸川君はキッチンまで駆け出した。明かりもつけないまま、園倉は沸いた湯をポットに移し替えているところだった。僕らの勢いに、園倉はびっくりしたような顔を向けた……」

天野の声は須堂の前で陰々と続く。

「誰も薬缶をかけていないことが分かると、園倉は心底驚いた様子だった。僕ら三人は闇のなかで顔を見あわせたよ。どこかに馬鹿馬鹿しい錯覚があるんだ。言葉には出さなくとも、三人は互いにそのことを考えあってるのが分かった。それだからこそ、僕らはおかしな笑みを浮かべるしかなかったんだ。足が床に貼りついたまま、僕らは冷たい汗をかいていた」

「気味の悪い話だね」

須堂はそっと眉をひそめる。

「でも、話はそれで終わらないんだよ。……しばらくして僕らが部屋に戻ったとき、遊戯室のドアにはロックがかかってたんだ」

「ふうん？」

須堂は首を傾げた。

「それはまた」

「ロックというのは部屋の内側についた、円柱型の鉄棒を横に滑らせる方式の閂《かんぬき》さ。古いトイレなんかについてるあれだ。それがかけられていて、ノックをしても返事がない。……僕らは再び居ても立ってもいられないほどの焦燥を感じたよ。戸川君はドアをぎしぎしいうくらいに叩きだす。しかし返事はおろか物音ひとつない。もうパニックだったね。園倉が壊してもかまわんというので、僕らは勢いをつけて何度もドアを蹴りつけた。とうとう差し金の部分が壊れて扉は開いたものの、とびこんでみると床にカードが散らばっているだけで、そこには誰もいなかったんだ」

「いなかったって？」

鸚鵡《おうむ》返《がえ》しに須堂は言って、のっぺりとした顔をくしゃくしゃと撫でまわす。

「それじゃ、まるでミステリじゃないか」

「全くそんな感じだったよ」

天野も肯定して、今さらながら考えこむようにグラスにウイスキーをつぎ足した。

「その部屋は漆喰で固められた金庫のようなものだよ。窓もなく、僕らの破ったドア以外に出入口もない。カードを陳列した戸棚はガラス張りで、人が隠れるわけにもいかない。造りつけの手ぜまな物置はあるけど、その戸をあけても、もちろん空っぽだ」

「その女の人、早い話が、消えちゃったんだね」

「そう」

グラスを呷《あお》り、琥珀色《こはくいろ》の液を流しこむ。五杯目だろうか。天野の眼は半ばとろんと潤《うる》んで見えた。須堂はそっと周囲を見まわしたが、二人のいる席はカウンターのはずれで、あまつさえ店内には有線の曲が喧《やかま》しいほど大きく鳴っていて、話の内容を聞き咎《とが》められる心配はない。

「七月二十二日というと、三日前だね。……その後、女の人の行方は」

「依然、知れない」

「ふうん、心配だろうね。……特にその戸川って人は」

「うむ」

天野はゆっくり須堂のほうを振り返って、

「信ちゃん、どう思う。……僕は今話した出来事をもう何度も反芻《はんすう》し、組み立てなおしてみたんだ。でも、どうしても合理的な説明をつけることができなかった。……このあいだの事件で、君の推理能力を僕は高く評価している。……どうだろう。何でもいい。気のつくことはないかい」

「ハテ。推理能力といっても……」

須堂は困ったように短い髪を掻きまわす。

「見当もつかないよ。ただただ不可解で……。でも、君の感じたという違和感は気になるところだね」

「違和感？」

天野は紅い眼を向ける。

「ほら、何てったっけ。……ゲームを進めながら、ゲーム以外の何かがその場で同時に行なわれているという、奇妙な印象」

「ああ、あれね。……全く今でも妙なんだ。何だかあの夜を境に、別の世界に紛れこんでしまったような気さえする」

須堂はその言葉に小さく咳ばらいして、

「僕も君の精神科医としての観察能力を評価するに嗇《やぶさか》ではないからね。君がそういう印象を受けたというのなら、それは確かに事実だったんだろう。僕はそう信じるよ」

「そうかい」

天野はくすぐったそうに答える。

「でも、その事件を詳しく検討するにはゲームの内容まできちんと理解できていないと無理なんじゃないかな……。あいにく僕はブリッジなんて知らないから」

「ブリッジを覚えるのは簡単だよ。──上達さえ望まなければ」

「うん。それはまあいいかも知れない。本当に僕でも簡単に覚えられるかどうかは別にして。──でも、そこが押さえられたにしても、扱う対象が君の受けた印象となると、どうしても話が曖昧になるよね。どこでどう感じ、どの部分でどう思ったかなんて、一度聞いてもすぐごっ、ちゃ、になっちゃうから」

「じゃあ、こうしよう」

天野は急にいきいきと眼を輝かせた。

「そのあたりのことを僕が小説風に書きまとめるよ。そのとき感じたこと、思ったことをなるべく順序立てて正確に書いておく。だからそれを読んで推理してくれ。……そうだな、ついでにブリッジのやり方も同時に理解できるようにしておくよ」

「ハア。それは面白いな」

「何なら典子さんや智久君にも読ませてくれ。……本当いうと、僕は一度、小説のようなものを書いてみたかったんだよ」

天野はそう決めると、もうあれこれ無邪気に考えを巡らせはじめたようだ。須堂はその構想は相手にまかせ、推理も小説が完成するときまで待つことにして、自分の物想いに沈むことにした。

何分間かはそうやって沈黙が続いただろうか。

須堂の考えは葛折《つづらおり》を辿るように溟濛《めいもう》のなかを続いた。決して結論に行き届かぬそれに疲れた須堂はカウンターの奥に並べられた洋酒の壜を眺めながら、思いついたように口を開いた。

「そういえば例の猿使い氏はどうしてるの」

「ああ。――彼」

天野は片眉をつりあげて、

「なかなか興味深いよ。彼は実に様ざまの腹案を持っているらしい。最近打ち出してきたのは奇妙な死の哲学でね」

「なあんだい、それは」

須堂は眼を丸くする。

「彼のためにあえてそれらしく表現してやるなら、《死における選択公理》とでもいうのかな。彼との対話や、彼の書きつけたメモ類などから次第に分かってきたことなんだ」

「どういった内容なの」

「つまり、こういうことなんだ。人間が死ぬことと世界が死ぬこととは同値である……」

天野は潤んだ眼を須堂に向けて、二、三度瞬《まばた》きしてみせた。

「ふうん。……だけど、とりたてて新しい考えとは思えないけど」

「そう、唯我論的立場に立てばね。……しかし彼はこれを客観的立場で見ようとする。ぼんやり外から眺めている限り、誰かひとり人間が死んでも、この世界はそれによって全く打撃を受けないかのように見える。では、人間が死ぬことによって滅ぶ世界というのはいったい何だろう」

「何だというのかな」

「そこで彼は問題をさかさまから見るんだ。ある人間が死んだ瞬間、この世界で何が失われるかを注意深く観察すればいい。人間が死ぬことによってこの世界から失われるものが見つかれば、それこそが人間が死ぬことによって滅ぶ世界にほかならない。……いいかな」

「うん。それで」

「彼はそれを見つけたんだ。ある人間が死んで、同時にこの世界から失われるもの。……何だと思う。それは死んだ人間、それ自身なんだよ」

一瞬狐につままれたような顔をして、須堂は、なあんだ、と呆れたような声をあげた。

「まさしく、なあんだだけど、とにかく彼はこういう手続きを踏んで、ある人間にとっての世界はその人間の精神にほかならないことを発見したんだよ。……さて、人間にとっての世界はもちろん彼の認識する全事象を含んだものだよね。しかも、それは人間の精神にほかならないのだから、肉体という容器に封じこめられた存在だ。……つまり人間にとっての世界は、いわゆるこの世界と、その人間の内界と、二相の場《フィールド》を持つことになる。そして彼はこの二つの相を一種の波動として捉えるんだ」

「へえ。……そろそろ面白くなってきたね」

「うん。極小と極大とを往復する振動。人間の死とは、つまりその振動の停止として理解されることに気がつくね。……さて、彼は類推する。この物理世界を支配しているエネルギー不滅の法則は、このようにして精神を波動として考えるならば、そこにもあてはまるべきではないか。極小と極大をかけて往復する振動を一種のエネルギーとして見るなら、それは死によって突如ゼロに帰すのであってはならない」

「ふむふむ」

「そこで彼は再び人間の死を注意深く観察することになる。人間が死んで、この世界に、そのエネルギー分の何かが新たに生み出されるだろうか。……しかし今度は、彼はそれを見つけることができなかった。その末に、彼は奇妙な仮説を二つ立てたんだよ。……第一の仮説は、精神の波動がプラスのエネルギーとマイナスのエネルギーとの共振によって引き起こされているとするものだ。これによると、波動自体のエネルギーの総和はもともとゼロなのだから、波動が停止してすべてが無に帰すのはあたり前のことになる。……第二の仮説では、精神の波動はあるものの励起状態として捉えられる。エネルギーが物質に、物質がエネルギーに変換するように、振幅がゼロに収束することは、波動がそのあるものに還元することとして理解できる。ただ、そのあるものは決して具体的に観測・考察できないとするんだ。……さて、この二つの仮説のどちらが正しいのだろう」

「どうも、とんでもないところまで話が及ぶものだね」

　須堂はぐりんぐりんと独特の首の振り方をした。カウンターの隅は薄暗く、もしかするとこの空間も話題の患者の精神世界にすっぽり包みこまれているのかも知れないと思うと、不思議な気がした。

　天野は続ける。

「彼は考えに考えて、結局どちらとも決めかねた。——いや、もっと積極的に、どちらを選んでもいいとしたんだ。前者を採っても、後者を採っても、それなりに矛盾なく説明できるのだからね。両者が同値でないにせよ、一方が正で他方が否とすることはできない。……それが彼の結論らしいんだよ」

「ちょっと待った。頭がグラグラしてきた」

　須堂は額をトントンと叩いて、

「それは結局、どういうことなの」

「敷衍《ふえん》して言えば、こういうことだよ。死後は、死んだ人間にとって、全くのゼロであるのか、あるいは無限に続く据え置き状態であるのか、決定することはできない」

「だから？」

「だからそれは今も言った通り、選択の自由なんだ。そして我らが哲学者は、どちらかというと後者を選んでいるらしい。……つい先だっての会話で、奴さん、猿へのしっぺ返しは自分と猿との関係を永遠に保留させることだと、ちらりと洩らしていたからね」

「ああ、また分からなくなったよ。いったい何のことだい、それ」

「さて、何のことかな。……ああ、少し酔ってきたみたいだ」

天野はもう眼をとろんとさせて、カウンターの上にべったり両肘をついている。

「こんなところで寝ちゃ駄目だよ」

「うんうん。ありがと、ありがと……」

半開きの瞼《まぶた》は急速に緩み、舟を漕《こ》ぐごとに額がさがっていく。よほど疲れがたまっているのだろう。

「天野？」

「……だいじょうぶ……」

前髪が下につきそうなほど台に凭《もた》れ、そのままにっこり笑うと、天野は静かに眠りに落ちていった。

♥8　そうやってても剃れない

「まだ……なんだね」

ケント紙や切り抜き、パンフレットの類いが散乱した部屋の中央でぽつねんと蹲《うずくま》った戸川を見おろしながら、天野は呟いた。

戸川の反応はない。

「そのままじゃ体に悪いよ」

天野は何度か訪れた気易さもあって、勝手に靴を脱いであがる。カーテンをあけ、窓を開き、

「よくこんなに暑いのに閉じこもっていられるね」

ネクタイを緩めながら振り返ると、戸川はようやく眩しそうに顔をあげた。

「何を調べにきたんですか」

小さな声。

「え？」

「何でもないんですよ。何も……」

「調べるって、僕は君のことが心配だったから……」

その言葉を戸川が聞いているのかどうか分からなかった。いつもはきちんとした身なりをくずさぬ戸川が今はだらしなくパジャマをひっかけ、髪も寝癖がついたまま逆立っている。

「顔を洗って、髭も剃ったら。少し気分を変えないと」

天野に促されて、ゆっくり腰を持ちあげ、洗面台に向かう。

部屋は全部で四つあった。ドアをはいったところのダイニング・キッチン。それに繋がった仕事部屋、戸川の寝室、詠子の寝室。いずれの戸もあけ放たれたままで、からんと暗く静まり返っている。天野はひとつひとつの部屋をまわって、カーテンをあけた。

いちばん乱雑なのは戸川の部屋だった。丸めた紙、本、雑誌、写真の切り抜き、筆、絵の具、色鉛筆、定規、レコードなどといったものが敷きっぱなしの蒲団や小机の上にばらまかれている。ちょっと見ると、泥棒がひっかきまわしたあとのようだ。以前から整頓をあまりやらなかったが、この有様は徒事でない。

小机の上に大きなガラスの灰皿がある。天野はそのそばを通りかけて、ふと不審に思った。灰皿のなかには煙草の吸殻ではなく、何かを燃やした黒い灰が折り重なっている。

天野はその灰を掻き分けた。薄っぺらな夥しい灰は天野の指でカサカサと音をたてて崩れる。

燃やされたのがカードだと分かるのにさして時間はかからなかった。天野は胸をしめつけられた。どんな想いで戸川は一枚一枚のカードを焼きつくしたのか。どんな想いを受けてカードは燃えあがっていったのか。

後ろめたい気分になって立ちあがりかけたとき、天野は灰皿の底にカードとは違った種類の灰がたまっていることに気がついた。

——もっと薄い、大きな紙だ。それもかなりの量があるぞ。何だろう。

気になって、ついついまさぐってみる。カードと違ってほとんど白い灰になっていたが、一度にかなりの量を燃やしたらしく、下のほうがわずかに燃え残っている。

天野はそれを掻き出した。

『……なことは爛れている。不自然だ。けれども、この状態をどうすればいいのだろう。この綱渡り、危ういバランス、アクロバットを、どうすればいいのだろう。……』

そんな言葉にはじまる断片的な文章が見える。天野はその燃え残りの紙片をこっそりポケットに押しこんだ。

寝室を出ると、戸川が洗面台の鏡の前でじっと立ちつくしていた。シャボンを塗り、剃刀《かみそり》を構え、今にも髭を剃ろうとする恰好のまま動かない。

「戸川君？」

天野はぞっとした。鏡に映った戸川の表情は、瞼をとろんと半開きにさせて、屍蠟《しろう》のように見える。

「どうしたんだ。そうやってても剃れないよ」

つかつかと近づき、背中をぽんと叩く。

「そうですね」

止まっていた時間が急に動きだしたように、戸川はニヤッと笑って、剃刀の刃を顎にあてがった。

♥9 おかしくなる権利

コンクリート舗装の道路を折れ、アスファルトの小路にはいると、人通りは全くない。

処《ところ》どころアスファルトが濡れたように光っているのは、この暑さで熔《と》けはじめているせいだ。太陽は哮《たけ》り狂ったように輝き、それが燃え盛れば盛るほど、街はひっそり閑と静まり返っていく。

夏はわがままだ。

天野は最後の角を折れた。生垣と鉄柵の続く先に目的の家が蹲っている。二階建ての白い洋館。天野は薔薇の絡まる鉄のアーチをくぐり、玄関の呼鈴を押した。

迎えに出た園倉は頬にのびはじめた不精髭も剃らず、顔色も芳《かんば》しくない。

「やあ」

それだけ言って、例の遊戯室に案内する。

「まだ詠子さんは戻ってこないの」

「らしい」

園倉は短く答えて、沈みこむように腰をおろした。

「消耗しているようだね」

「……何だか気が滅入《めい》ってね……」

それは無理のない話だろう。プレイの夜の奇妙な出来事。そして詠子の突然の失踪。彼女の身の上に何かが起こったとは思いたくはないが、このまま行方不明の状態が続く限り、彼らはその問題に直面したままでいなければならないのだ。

「これ、お前たちが謀《たくら》んだ悪戯じゃないんだろうな。冗談だったら、もう言ってくれよな」

「馬鹿なこと言い出さないでくれよ。こんな意味もない悪戯なんかするもんか」

天野はびっくりして否定する。

「そうか。……そうだろうな」

園倉はテーブルに肘をつき、眉間に指を押しあてる。緑のクロスを貼ったプレイング・テーブルの上には五日前のプレイの得点表、そしてやはりそのとき使われたカードがケースに収められて置かれていた。

赤い箱と青い箱。

天野は何の気なく、赤い箱からデックを抜き出した。

「君こそ何か知ってるんじゃないのか」

つられるように青い背模様のカードを引き出した園倉は、その問いかけにぴくりと顔をあげて、

「俺が？　知らないぜ、何も」

そう強く首を振った。その言葉が真実なのかどうか、天野には判断できなかった。いつも真実は、ついに彼の手に留まることはない。天野はそんな想いに囚われた。それは常日頃抱く職業的な感傷に過ぎなかったが、今はこの言葉を否定するすべもない。

「考えよう」

天野はカードを弄《もてあそ》びながら呟いてみる。

しかしそうは言っても、何をどう考えればいいものか。

「とにかく戸川君と詠子さんとのあいだに何かがあったのは確かだね。あの夜のプレイで図らずも露見した何か――」

「どういうことなんだろうな。プレイの前は全くいつもと変わりがなかったぜ。それが途中からおかしくなっちまった」

「パートナーを組み換えたことに関係あるんだろうか。……どうもそうとしか思えないけど、でもその理由が分からない」

いくら首をひねってみても、天野の頭にはその尻尾さえ浮かんでこないのだ。

ややあって、園倉は恥ずかしいことでも口にするようにそっと首を突き出して、

「単なる喧嘩って線じゃないのかな」

「喧嘩――？」

「ほら。いつもはペアを組んでるから、どちらがより巧いのかは問題にならないだろ。それがあんなふうになって、それまで意識せずにすんでいた競争心がつい顔を覗かせたと……」

「あの二人、そんなに負けず嫌いだったと思うか」と、天野。

「他人に対してと彼らのあいだとでは違うんじゃないかな。何て言うか……普段仲が

いいだけに」

「まあ、僕も男女間の機微に関しては疎《うと》いほうだから、そこは何とも言えないけど、やっぱり強くは頷けないなあ。少なくとも、それが失踪の理由のすべてではあり得ないだろうからね」

「あちらはどうなんだ。ひとりでに沸いていた薬缶」

「可能性は……二つあるかな」

天野は思いつきでそう答えた。

園倉は体を引く。

「二つって」

「一つは、誰かが忍びこんで薬缶をかけたという線。もう一つは、薬缶をかけたのは僕なんだけど、その記憶がすっこ抜けている……」

「記憶が？　どういうこった」

「要因はいろいろ考えられるよ。僕が何らかの脳障害に冒されているとか」

「ハハッ。精神科のお医者さまの言葉とは思えないぜ」

「医者が病気に罹《かか》らないってことはないさ。頭がおかしくなる権利は誰にでも平等に与えられている。現に僕の知ってるある精神科医は、今甚《はなはだ》しい宗教性譫妄《せんもう》の虜《とりこ》となって入院中だ」

元来皮肉な発想を好む園倉は天野の言葉を面白がって、

「なるほどね。だとすると、こういう考え方もできるかな。あの夜からこの今まで、俺は長い夢を見ているだけなんだとね」

そう言って天野の胸もとめがけ、カードを一枚、回転をつけてとばした。

「僕からすればそんなことはあり得ないけど、君のなかだけでそう考えるぶんには自由だね」

「お前がそう言ってるのも俺のなかの幻覚かも知れない」

「勝手にするさ」

「アッハハ。ともかく俺もお前も狂ってないとすれば、誰かが湯を沸かしにこの家に忍びこんできたことになるな」

園倉はもう一枚カードをとばす。今度はすかさず手で受け止めて、

「心あたりはないのかい。そんな悪戯をするような人物は」

「まるでないね。俺の知ってる奴らは、湯を沸かしたきゃ自分の家で沸かすさ」

「だとすると……」

首をひねりながら、天野は受け止めたカードを表に返した。

「――ブラック・レディ」

それは♠Qだった。その呟きに、園倉はひょいと首をのばす。

天野は慌てて、自分の弄んでいたカードのなかからもう一枚の♠Qを捜し出した。背模様が赤と青、二枚のクイーンがテーブルの上に並ぶ。

「結局のところ、戸川君は捨てられたんじゃないのか」

そう吐き出したのは園倉だった。

「俺は以前、猫を飼ってた。ずいぶん可愛がったつもりだったが、あるときぷいと家を出てそれっきりだよ。女の本性は猫と同じだと言うし、突然蒸発してもおかしくないかも知れない。彼女もやはり一人のブラック・レディだったというわけさ」

しかし園倉の言葉をよそに、天野は全く別の想いに囚われていた。赤のカード、青のカード、どちらの♠Qにも、あのとき天野が見たはずの黒子《ほくろ》がなかったのだ。

「なあ、これ、あの夜に使ったカードなんだろう」

その問いに園倉はわずかに怪訝な表情を見せただけで、

「ああ、そうだよ。取り換えたりなんかしてないぜ」

「間違いないか」

「間違えたりするはずないだろ」

その言葉に重なって、天野は笑い声を聞いたような気がした。激しい哄笑《こうしょう》。それは部屋の周囲に陳列された一枚一枚のカードからあびせかけられたようでもあった。

分類することがほとんど無意味と思える多種多様なそのデザイン。なかでも幾何学的な模様は際限なく、線中心のもの、面中心のもの、モザイク、アラベスク、大雑把で非対称なコンポジション。そして銅版画風、水彩画風、テンペラ画風。写真はヌードから風景まで。形にしても、ブリッジ・サイズ、ポーカー・サイズのほか、円形、三角、特大、小型、ボウリングのピン形まである。メルヘンぽいもの。無機的なもの。不気味な図案。色鮮やかなフラリッシュ用。バロック的なもの。カリカチュア。動物。花。鳥。タロット。うんすんかるた。稚拙さ。優美さ。眼にも鮮やかな色、色、色……。

天野は軽い眩暈を感じていた。あれはカードの上に付着した汚れなんかではなかった。印刷のときにそもそもつけられたしみだったはずだ。そう何度も反芻し、思い返して、いよいよ訳が分からなくなる。

「どうしたんだ」

「……いや、ちょっと」

天野はお茶を濁して腰をあげ、そのまま部屋のなかをぐるぐると歩きまわった。

そうなのだ。天野はあれからずっと不思議の国を歩きまわっているのかも知れない。

須堂の助手であり、ミステリ・マニアでもある牧場典子が電話で語ったところによれば、ミステリにおける密室トリックは、犯行時に犯人が室内にいる場合、いない場合と、二つに大別できるという。

後者は密室のなかにいる人間をその場にいない犯人がいかに殺害するかという部分に焦点のあてられたトリック群だから、今回のようなケースには無関係だ。

前者はさらに二つの場合に分けられ、その部屋を密室にしたのが被害者自身である場合と、そうでない場合が考えられる。

被害者自身が密室を構成したというのは、ともかく密室のなかに屍体がなければ話にならないトリックだから、これも消失という現象には結びつかない。

そして残るケースには本質的には三つの種類しかないというのだ。

（一）ドアを機械仕掛けで密室にする。

（二）ドアの背後などに隠れて、密室が開かれたのちに脱出する。

（三）実は密室でない部屋を密室に見せかける。

しかし、ドアの閂は確かに差しこまれており、部屋のなかには隠れる場所もなかった。機械的トリックを使おうにも、牧場典子の例示した紐やピアノ線の操作を行なうには、遊戯室のドアは閉じるとピッタリ隙間がなくなるので不可能。もちろんドアには鍵穴などない。

けれども天野はそのとき熊のように歩きまわりながら、そういったことを考えていたのではなかった。

園倉はというと、この蒸発事件を単なる失踪と見なす態度を固めたらしく、幾分気の軽くなった様子でカードの一人遊び《ペイシエンス》をはじめている。

天野は戸棚の隅に置かれたラジオをつけた。ゲームの最中にはほとんどつけられることがない。ブリッジは沈黙のゲームだからである。

ＦＭのスイッチを入れると、ニュー・ミュージック系の曲が流れだした。

五日間ぼんやりと考え続けてきた事柄が頭のなかにもやもやと巡る。単なる失踪という線も考えてみないではなかったが、それにしては不自然すぎる。イラストレーターとしての仕事をおっぽり出してまで、こういったかたちで姿をくらまさなければならなかった理由が何かなければならないだろう。

しかし、それは何か。否、そもそも詠子の蒸発は彼女自身の意志によるものなのだろうか。天野は考えれば考えるほど奇妙な苛立ちにかられるのだった。

死ねばいい、いいのよ。

詠子のあの言葉はいったい何だったのだろう。一心同体と見え、現に片時も互いに離れようとしなかった戸川への言葉。

「あの二人、どうして未だに結婚していなかったんだろうか」

最初に知りあってからの素朴な疑問を天野は初めて口にした。

「形式が嫌いだったんじゃないか。それとも単に面倒だったのか。俺も言葉にして尋ねたことはなかったがね。状況はいわゆる同棲だし、あの通り仲もよかったし。……ひょっとして、仕事の上では結婚していないことが有利に働くこともあったのかな」

「恋人どうしで通したほうが……？」

「ほら、歌の世界でも、男と女のデュエット歌手は、夫婦よりも恋人のほうがイメージとしていいだろう」

「なるほどね。……あの二人がそんなことまで考えていたかどうかは分からないけど」

「あるいは、それこそが彼女の計算だったのかも知れないぜ。いざ別れる気になったとき、後くされのないように結婚を避けていたと考えてもおかしくはないだろう」

園倉はそこで間を置き、

「戸川君の様子はお前の眼から見てどうだ」

その問いに天野は首を振ってみせた。

「よくないね」

「ちぇっ！ 占いもうまくいかない」

園倉は急に吐き棄てるように言い、テーブルの上に並べたカードをくるくると掻きまぜた。

今さらカードに
愛の奇跡求めて
いかさま占いは続く
スペードをハートに

そのとき流れていた曲の歌詞である。園倉はふと手を止め、自嘲に似た笑みを洩らした。

あれからどうしてるの
今ごろどこにいるの
ひとりのままでいると
噂で聞いたけれど
ひとつ曲り角
ひとつ間違えて
迷い道くねくね

……………

♥10　どこでもないこの部屋

天野は長いながい虚脱状態から呼び覚まされたようにペンを取りなおした。
一字一字原稿の枡目《ますめ》を埋めていく。
しかしそれは到底、ペンを走らせる、と形容できるような速度ではなかった。

不吉な想像は日毎に重く三人にのしかかってくる。しかも単なる失踪とは異なり、どうにも不合理、不可解な状況であるため、想像はともすると奇怪で非現実的な観念連合に彩られたものとなった。

いっそ、これらすべてが見えない魔の手によって行なわれたというなら、彼らも事を納得したかも知れない。

＊

しかもそれは月が変わるに至り、ついに戸川が捜索願いを出してから、いよいよのっぴきならぬ展開を迎えることとなった。

七月二十三日以降に発見された全国の身元不明の変死体が照会され、やがて一人の女性自殺者が可能性として浮かびあがった。かくして詠子の親族や戸川が確認に呼び出されたが、結果は最悪のものとなった。すなわち、それが沢村詠子に間違いないことが明らかにされたのだ。

天野はそのことを園倉からの電話で報《しら》された。

沢村詠子は既にこの世の者ではなかったのである。

天野は受話器を取り落とすことさえできなかった。体は石のように冷えきり、あとは何を聞いたのかも憶えていない。

園倉と天野も失踪の現場に居あわせていたため、警察から事情聴取を求められることになった。とは言っても、その名目は自殺の理由の調査に過ぎない。もしもそこで彼らが奇妙な出来事のすべてを語っていれば、三人の上にはいちおうなりとも疑惑の眼が向けられたことだろう。

しかし彼らはそれを暗黙のうちに避けた。必ずしも疑いをかけられることのみを恐れたのではない。いわば、公にするためには、それらの現象はあまりに非現実的すぎたのだ。

屍体が見つかったのは神奈川県座間《ざま》市の郊外にある廃屋《はいおく》のなかだったという。発見したのはそのあたりを遊び場とする子供たちで、それが七月二十五日。死亡推定時刻は二十二日から二十三日までの四十八時間内と目されていた。

死因は左手首動脈の切断による出血多量。使用したのはそばに転がっていた剃刀であることも確認された。

その他の状況ももちろんそうだが、自殺と断定された最も大きな理由は、詠子の屍体のあった部屋が内側から閂のおろされた状態にあったからだった。子供たちは、いつもは開いているドアが鎖されているので、それを破ってなかにはいったのだ。子供たちに破れるくらいだから相当に朽《く》ち傷んでいたのは確かだろうが、警察の調査によっても不自然な工作はなく、密室状況は完璧とされた。

話を聞いていくにつれ、天野はまたしても奇妙な感覚に囚われずにいられなかった。三人の思惑に反して、警察による自殺という見解は不思議なくらい揺るぎないのだ。

その屍体は本当に詠子だったのだろうか。天野は馬鹿馬鹿しい観念をふっきれないでいた。彼自身はその屍体を確認したわけではない。戸川も彼女の親も気が動転して、それを詠子だと思いこんでしまったのではないか。

何かがねじれているのだ。そうでなければ、得体の知れぬ他者に過ぎない警察が、どうしてたやすく自殺などという断定を下せるだろうか。

ただひとつ警察が不審がっていたのは、彼女のそばに遺書の代わりのように置かれていた一枚のカードだった。

「スペードのジャックですよ。あなたたちと遊んでいたなかから一枚持ってきたんでしょうね。それには彼女以外の指紋もついていたんですが、先程調べさせて戴いた結果では戸川さんのものと分かりました」

刑事が見せてくれたカードは確かに彼らが使ったものと同一だった。正確に言えば、バイスクルのライダー・パック、ブリッジ・サイズの赤。

「これが一枚抜き取られていたなんて、全然気がつかなかったな」

園倉は神妙な顔で首を振った。

ともかく彼らは屍体の発見された廃屋に行ってみることにした。

車内では戸川は顔を被《おお》うようにして黙りこみ、ほとんど園倉と天野だけで会話が交された。

「……どうして詠子さんは座間なんかで死んだのかな」

「分からない。分からないことだらけだよ」

「心あたりはないのか」

園倉の問いに、戸川はわずかばかり首を横に振る。

車外を流れ過ぎるありふれた風景は、それまでは見せたことのない牙を剝き出していた。家並。ビル街。鉄骨の墓場。忘れ去られた公園。荒地。山並。沼。沼の底には幾人の水死体が眠っているのだろう。

「自殺ねえ。ほんとに自殺なのかな。現場の状況は完全に密室だったっていうけど、あの部屋だって密室だったんだ。密室から人が消えるくらいだから、そのなかに他殺屍体が転がってたって、俺はもう何の不思議も感じないぜ」

天野の想いは園倉のそれと同じだった。

「でも、もしこれが殺人事件だとしたら、いったい誰が、どうやって、何のためにこんなことをしなくちゃならないんだろう」

「そんなこと、俺が知るかよ。どだい、今度のことは自殺にしろ他殺にしろ、分からないことだらけだ。どちらを選んだほうがより不自然さが少ないか。……それだけのことじゃねえか」

「そう言ってしまえば、まさにそうだけど……」

「ひとつ言えるのは、彼女とこれから行く廃屋とのあいだにどういう繋がりがあるのか。……それさえはっきりすれば、何らかの答が出てくるだろうってことだな」

園倉の言う通り、それが分かれば何かがはっきりするだろう。しかし、その繋がりは戸川と知りあう以前のものに違いない。そうでなければ当然戸川にも見当がつくはずだからだ。

「そうなると、僕らには到底窺い知れない部分だね。廃屋とやらに行ってみても、何かを見つけるなんてわけにはいきそうもないよ」

「まあ、もともと追悼のためだからな」

車はうねうねと続く細い山道を辿り、やがて家屋が疎《まば》らに散在する風景にさしかかった。見当をつけてタクシーから降りたときには車道の西側一帯にひろがる森林に夕焼けが鮮やかに照り映えていた。

「同じ地区内といってもけっこう広そうだが」

「でも、廃屋のようなものならすぐ見つかるんじゃないか」

附近の煙草屋で訊くと、そこの婆さんは首を傾げながら、多分この先の幽霊屋敷のことだろうと詳しく道順を示してくれた。

「幽霊屋敷？　穏やかじゃないね」

「まあそれくらいじゃないと、ここまで来た甲斐《かい》がないからな」

ぽつぽつと続く家並は既に血糊を塗りつけられたようにギトギトと赤黒い。天野は空を見あげたが、そこには精神病患者が毟《むし》り散らした蒲団の綿めいた雲がどろどろと渦巻くように逆巻《さかま》いて、やはり血の色に染まっていた。

「自転車屋の角……。あそこを曲がった先だろう」

暗い軒下の角を折れると、目指す建物はすぐにそれと知れた。

廃屋を認めると同時に、三人は言葉を失っていた。彼らは恐ろしいことに気づいたのだ。古い建物。一見して、何十年もの歳月を経ていることは明らかだった。

三人は互いにそのことを口にするのが禁忌《きんき》でもあるかのように、無言のまま荒れ果てた戸口に立った。

灰色に燻《くす》んだポーチやテラスは処どころ朽ちかけ、窓ガラスは歯が抜けたように一枚も満足に残っていない。

園倉が当然の権利のように先に立ってはいった。

建物のなかは黴《かび》臭く、ここかしこ踏み破られた床板に窓から射しこむ光が赤く落ちている。園倉は躇わず、一方の廊下をずんずんと進んだ。天野と戸川もあとに続く。

薄闇のなかを廊下は鉤状《かぎじょう》に折れ、突きあたりのさらに深い闇にぽっかりと扉が開かれていた。

天野はどうしようもない惑乱《わくらん》に、眼の前の闇が逆倒しになるような気がした。腋《わき》から掌のなかまで冷たい汗がじっとり滲《にじ》む。ここは現実の世界ではないのだ。いつか疑ったように、知らず知らず不思議の国に迷いこんでしまったに違いない。

園倉はオイル・ライターに火をつけた。赤茶けた影がゆらゆらと周囲に躍る。その火を頼りに三人は目指す扉へ進んでいった。

その部屋の手前には、案の定、二階へ続く階段がある。

「この家は……」

耐えきれぬように声をあげたのは戸川だった。三人は顔を見あわせる。ライターの炎が顔を映し出して、幽霊のようだった。互いに探りあうような恐ろしい瞬間。園倉がほとんど顔の影の揺らめきと見分け難いほど小さく頷いた。

この廃屋は園倉の家と全く同一と言っていい構造なのだ。双子の家。天野は園倉の家がそのまま古びたなかにいるような奇妙な時間的錯覚を拭い去れないでいた。

打ち破られたドアをくぐり、三人は恐る恐るその部屋にはいる。園倉の家で言えば遊戯室にあたる空間。――詠子が消えた部屋だ。

しばらくライターが宙を漂い、そしてその光は床の上の目じるしを照らし出した。人間の形になぞられたチョークの跡。さらに火を近づけると、腐った床板の上に夥しい量の血痕が染みついているのが分かる。

三人の頭を共通して掠《かす》めたはずの予感はまさに的中した。詠子はこ、こ、この部屋から消え、こ、こ、この部屋で死んだのだ。内側から鎖された、どこでもないこの部屋で。ドアを破ってはいったときには、すべての秘密は泡のように失われている。

「詠子……」

戸川の声。膝が折れ、床につく。体を海老《えび》のように屈《かが》め、そのまま絞り出すような声が洩れ聞こえた。

天野は震える肩に手を添えようとした。しかしその一瞬、天野の背筋を凍りつくような感触が突き抜けた。

絞り出すような声は啜《すす》り泣きではなく、忍び笑いだったのだ。クックッと大きくなったそれは、戸川が身をそらすとともに激しい哄笑となる。

園倉のライターが床に落ち、部屋のなかは全くの闇に鎖された。驚いたことに、墨を流した闇のなかでもうひとつの笑い声が重なった。

園倉の声だった。光を見失った天野には二人の笑いはこの廃屋自体があげているように思われた。

一時的な症状だが、このとき天野ははっきりと危険な匂いを嗅ぎ取った。戸川はもちろん、園倉が受けたショックも甚しい。天野がまだしも第三者的な立場にいられたのは倖《さいわ》いだったのだ。

闇のなかでひとしきりゲラゲラと笑う二人を制止するすべも持たず、天野は呆けたように立ちつくしていた。

不思議の国の胎内巡りは、しかしそれで終わったわけではなかった。東京に戻り、その夜のうちに分かったことだが、遊戯室に残っているカードを調べたところ、背模様が赤のカードには詠子が持ち去ったかと思われた♠Jがちゃんと揃っていたのだ。

それでは詠子の屍体のそばにあったカードはどこから持ってきたものなのだろう。彼女はそのカードにいったいどんな意味あいを託《たく》したのだろうか。すべては鎖された部屋のなかに封印され、彼らにはそれを二度と開くことができないだろうと思われた。


「どうやら二つの建物の因果関係だけは分かったぜ」

園倉からの電話があったのは天野が勤務する精神病院にだった。

八月五日。猛暑はそろそろ最高潮に達そうとしているかのようだ。その部屋から見おろせる中庭には、しかしその暑さをものともしないかのような何人かの患者の姿がある。じっと蹲《うずくま》っている者。歌いながら歩きまわっている者。立ち話をしている者。体操している者……。

古くからあるこの病院には様ざまな話が伝わっている。患者のあいだで起こった殺傷事件など。

最も大きなそれは二十年ほど前、一人の患者がシャベルを振りまわし、五人の患者の頭を次々と叩き割った事件だった。若い天野は話で聞かされるだけだが、古参の事務員などは今でもその惨劇の様相をありありと語ってみせる。

もちろん現在では医療技術の発達や管理方法の改善のために、そういった血腥《ちなまぐさ》い事件など考えられなくなった。けれども表面的に抑えられた代わりに、患者たちの頭のなかではもっとどろどろした想念が沈澱《ちんでん》しているのではないだろうか。天野はふとそんなことを考えながら、受話器を片手にゆっくり椅子に腰を沈めた。

「俺の住んでいる家と座間のあの廃屋は、建てたのはどちらもフランスの医師なんだ。その二人の医師は日本に来る以前からの友人だったそうだぜ。――多分、こういうことだろう。二人は全く同じ設計図に基づいて、別々の場所に家を建てたのさ」

「そうだったのか」

天野は何グラムか心が軽くなったような気がして、髪の毛を後ろに撫であげた。

「全くびっくりしたよな。俺の住んでる家にあんな一卵性双生児みたいな片割れがあったなんて。これが分かった今でも何となく気味が悪いよ」

「一卵性双生児ね。……本当にそうだ」

天野は頷く。

「でも、これで問題はますます分からなくなったぜ。……双子の家があることはいいさ。しかし、なぜそんなところで詠子さんが死ななけりゃならなかったんだろう。自殺にしても、他殺にしてもだ」

電話の声が低くなる。それは確かにそうだった。詠子と彼女が死んだ場所との繋がりが明らかになれば、それで自殺であるか他殺であるかがはっきりするという予想は見事にあてがはずれた。意外なことに、繋がりがあったのはあくまで建物どうしでしかなく、そのはざまで詠子の屍体は宙ぶらりんにぶらさがったままなのだ。

「俺があの部屋で死んでたというならまだ話は分かるぜ。俺は双子の家の一方に住んでいる本人なんだからな。でも詠子さんは全く無関係だ。その詠子さんが……」

「とはいえ、やっぱり何かあるんじゃないかな。二つの家と彼女とのあいだに。……それが何かはまるで予想もできないけど」

「………」

「園倉。それとも、こんなふうに考えればどうかな。二つの建物は双子は双子でもシャム双生児なんだって。……つまり、二つの建物はあの遊戯室にあてた部屋どうしで空間的にくっついている。詠子さんの体は、だからこちらの部屋からあちらの部屋へ訳もなく移動してしまったんだとね」

いかにもその場の思いつきらしく天野は喋ったが、それは廃屋の例の部屋にはいったときからずっと脳裡につきまとっていた夢想だった。

「……実は俺もそんなことを考えてたんだ」

戻ってきた園倉の声はひどく重苦しいものだった。

「この家は呪われてるんじゃないかな」

「園倉」

天野は中庭から眼を離して、電話のむこうに呼びかけた。

「ちょっとした冗談だよ。そんな馬鹿なことってないさ」

「しかし、そう考えるのがいちばんすっきりしてるぜ」

「案外迷信深いところがあるんだな。……いや、僕は心配してるんだよ。身辺にこれだけ不可解なことが起こったんだ。ひょっとして妙な妄想にとりつかれやしないかと……。よくあるんだよ。身辺に起こったちょっとした奇妙な出来事から、それまで抱いていた世界観にヒビがはいり、狂気の世界に足を踏み入れるというケースがね」

「…………」

「例えば人間をいきなり言語や文化の異なる世界に放りこむと、往々にして分裂症的症状を呈することが知られている。いわゆるカルチャー・ショックというやつだ。……君にとって、今の状況はそれに似てるよ。非合理の衝撃とでもいうのかな。これまで少しずつ固めてきた地盤が今度の事件によって突然突き崩されたために、足もとがグラついてしまっているわけだ。……でも、これはひとときのものに過ぎないよ。そのことをしっかり頭に入れておいてくれ」

「……有難く承《うけたまわ》っておくよ」

受話器を置いて、天野は再び中庭に眼を落とす。訳知りなことを喋ったものの、多少とも世界観が揺れ動いているのは天野も同じなのだ。現在自分の住んでいる家が事件に深い意味あいを落としている園倉ともなれば、そのショックはいかばかりだろう。

天野はごしごしと顔をこする。

カルチャー・ショックを起こした者は、もとの世界へ戻してやれば症状は消える。今度の場合も事件が全面的に解決されない限り、衝撃は沈澱したかたちで燻《くすぶ》り続けるだろう。危険を除去するにはすべてを合理的に説明する必要がある。

――本当にそんなことができるのだろうか。

天野はぶるぶると首を振った。疑ってはならない。これはその場だけの手品ではないのだ。タネがあると信じなければ、世界はあの事件を中心に、まっさかさまにひっくり返ってしまうだろう。

「やはり、どうでも須堂の力が要《い》るな」

ぽつりと呟いて、天野は再び受話器を取った。しかし六本木の生理学研究所の番号をまわしかけて、天野の指はぴたりと止まった。

――駄目だ。

天野は激しい勢いで受話器をおろし、机の上で両手を組んだ。今しがた閃いた直観を頭のなかでゆっくり検算してみる。確かにうまくない。

園倉にしろ、戸川にしろ、交友関係は決して広くない。むしろ、今となっては天野を含めた三人のあいだくらいにしか親しい友人というものを持っていないふしがある。決して無口とか人間嫌いとかではないのだが、要するに他人とのあいだに一歩距離を置くタイプの性格なのだ。天野にしたところが、ブリッジのメンバーを揃えるという必要性で何度かゲームをまじえたのでなければ、彼らのあいだに本当に心のふれあう仲間として迎えられることはなかっただろう。

その二人と須堂との取りあわせ。――天野は何度考えても噛みあわないと思った。事件が解決すればそれに越したことはない。しかし今となっては、横から割りこんでくる須堂などはヒビのはいった世界側の人間に過ぎない。そういった人物から与えられる解決は彼らにとって決して本当の意味の解決にはならないだろう。

須堂を二人に引きあわせることはできない。そしてなおかつ、須堂の推理は天野のものだということにしておかなければならない。そうなのだ。須堂には完全な安楽椅子探偵《アームチエア・デイテクテイブ》になってもらう必要がある。

＊

そのためにも、やはりこうして小説仕立てにしておくのがいい。天野は改めてそう確信した。

♥J　死者の深層心理

沢村詠子。富山市生まれ。市内の高校を卒業後、上京。Q＊大学の数学科に二年在籍したが中退。二十歳からデザイン・スクールに通う。その夏、戸川と知りあい、後に同棲生活に。二年後、学校を卒業した頃から戸川とともに《邪理》のペンネームで創作活動にはいる。商業雑誌の広告、ポスター、書籍の装幀などが中心。繊細で耽美的な画風が注目をあびた。

「家族構成は？」

父親は雑貨商を自営。母親は十年前に死去。兄弟は下に妹が一人。親戚関係は郷里にひと握りだけで、都内にはいない。

「友人関係」

都内には上京以前からの者が数人、上京後の者が不特定多数いたが、事件との繋がりは薄いと見られる。

「恋愛のほうは……」

明らかなのは高校時代と大学時代に一度ずつ。前者は全くプラトニックなもので、相手の男性は現在妻子があり、事件との繋がりは考えられない。後者も（肉体関係の有無は別としても）後くされのないもので、相手の男性は現在広島市の会社に勤務。事件との繋がりは薄い。

「その他、何か特筆すべきことは」

趣味は俳句、そしてブリッジ。戸川と知りあってからほとんど片時もそのそばを離れたことがないが、以前の恋愛時にはそのようなことはなかったらしい。そのほかには特になし。

「……要するに表面的な過去からは何も浮かびあがってこないというわけだね。じゃ、君が彼女自身やその作品を観察してきたなかから浮かびあがってくる人格像はどうなの」

「観察って、僕は彼女を患者として見てきたわけじゃないからね」

「それは分かってるけど」

天野の異議に、電話のむこうの須堂は慌てて言葉を継ぎ足して、

「それでも材料が何もないわけじゃないでしょ。普通のつきあいでもそうするように、いちおうの観察はしているはずだよ。……そういう意味」

それは何日か前、須堂に本格的な推理の依頼をしてから二度目の電話だった。

仕事以外の面では極度に引っこみ思案の須堂は、ただ勝手な推理を述べるだけでいいのならと天野の誘いを受け入れてくれたが、仲介役というのもけっこう大変な役目だと思い知らされた。

「僕らとのつきあいで彼女が見せていた性格というと、かなり一般的なものだけだよ。……朗《ほが》らかで、穏やかで、不満だとか嫌悪だとかの感情は見せたことがない。周囲の人間にも実に細かく気を配ってくれる。ひと言でいってしまえば、まるみのある落ち着いた人柄だったな。服装も黒を好んだようだ。あか抜けていて、ユーモアもあり、しかし人前で出しゃばるようなことは好まない。それでいて、ちょっと間の抜けた、可愛いところもあった。悪戯っぽいこともなかなか好きだったと見える。……た

ったひとつ特徴的な点を言えば、とにかく一分一秒とも戸川君のそばを離れることがないほど、二人は常にいっしょにいたということくらいかな。極度の淋しがりやだったとは言えるかも知れない。……だけどまあ、これも特に異常というにはね……」

「いや、結構。やはり餅は餅屋だよ。何となくイメージが浮かんでくる」

「続けるぞ」

病院の中庭を見おろしながら、天野は電話の相手に怒鳴るように言って、

「ブリッジのプレイから考えても、彼女の能力で優れていたのは図案の想起力だね。……君は最近囲碁とか将棋に凝ってるけど、彼女もそちらをやってれば、かなり強くなったんじゃないかな。頭のなかに図がパッパッパッと浮かぶらしいんだよ。数学をやってたのも関係があるかな。とにかく正確だったね。……それと、戸川君と組んだときのコンビネーション・プレイは絶品だったよ。相手のちょっとした表情とか仕種から心の動きをつかみ取る能力に秀でていた」

「同時に、それは戸川氏にも言えることなんだね」

「そうだよ。はてさて、彼女の作品から心の奥底にあるものを分析するとなると、これはいよいよ難しい。だいたい彼女らの仕事は純粋芸術と違って、個々の作品のテーマなりイメージなりがそのつど特定の外枠によって制約されるからだ。しかもそれに

携《たずさ》わるのは彼女と戸川君の二人なんだからね。……幸い戸川君の話だと、作品の根幹は彼女がイメージしていたらしいから、作品の傾向を捉えて論じることが全くできないわけでもないけど……」

「じゃ、それを聞かせてよ」

「あくまで参考として、だよ」

「分かってるって」

念を押して、しばらく視線を泳がせる。灼《や》けついた中庭には例によって何人かの人影がたむろしており、そのなかに須堂にも話した患者が混じっているのを認めて、天野は再び語りはじめた。

「……絵のほうは詳しくないんだけど、イラスト風に整理されたシュールレアリスムという感じだね。透明な画調に仕あげられているが、その奥には非常にどろどろした深刻な気分がある。……彼女の自信作は『いつも逢魔《おうま》ヶ刻《とき》』というタイトルの現代音楽のイメージ・ポスターで、その作品を例に取るとなかなか興味深い。いちばん最近の仕事だそうだよ」

「ふんふん」

「全体を覆っているのは緑がかった暗い灰色の靄《もや》──いや、もっとどろりとした、内臓みたいなものだな。果てしない空間だ。そのどろどろが画面の上方で不気味な男の顔になっている。僕らの言葉でいえば、仮面様顔貌というか、笑いプラスアルファというか、とにかく分裂症のパーキンソン様症状のひとつに近い顔だ。その首にはやや鮮度の高い緑色で描かれた蛇が巻きついている。そして画面のいたるところ、大きく、小さく、デザイン化された断片的な数字や、時計の針のようなものが散らばっている。——この数字や時計の針のモチーフはいろんな作品で繰り返し使われているんだ。——さて、画面の中央より下、靄をもし内臓として見ていいなら、その胃袋にあたるところに背中を見せた少女が小さく描かれている。その少女は赤いワンピースを着て立っていて、手にはギラギラ光った鎌を持っているんだ。そして画面のもっと下方には、内臓と二重写しに、奇妙な植物が密生している。——独特の蔓草もまた、お気に入りのモチーフらしい。それはよく見ると、下等な生物の触手や動物の肢体《したい》、かと思うと非常にメカニックな装置などがつぎはぎに融合しあってるようにも思える……」

「なかなか凄じい絵のようだ」

「面白いのは、割合くっきりと描かれた少女だよ。よく見ると、その少女には手首がないんだ。鎌を持っていると言ったけど、本当は切断された手首の先に、鎌の柄がぽかんと浮かんでいるのさ。そしてその少女の体はあたかも胃液に溶かされるが如く、静かに融解をはじめているふうなんだ。スカートの中から足もとまで、緑色の液体が流れ落ちている」

「面白いね」

「溶ける、融合する、混じりあうというイメージも一連の作品に共通した特徴と言えるかも知れない。そうかと思うと画面の右下の靄からは非常に幾何学的な構成の、ちょっとゴシック風の建築物に見えるものが浮きあがっている……」

「さて、精神分析医としてはどう見るの」

「僕は精神分析を専攻してはいなかったんだけどね。……だいたい精神分析なるものは、ともすれば恣意的なこじつけ、形式的なお仕着せに終始する危険性が大だからね。いわば、どうにでも解釈できるいくつものキー・ワードから、ひとつのクロスワード・パズルを解くようなものだ。例えば不気味な大写しの男の首に巻きついた蛇を杓子定規に男の性器、少女を取り囲んでいるのを子宮の象徴と考えるのはいかにもたやすい。だけど、どうかな。……そういったことを頭に留めておいてから聞いてくれよ」

「それは僕も同感だよ。では、どう解釈を進めるの」

「まず僕の素直な印象として、非常に強い不安を感じるね。不安というのは本来、死とか破滅に繋がるものだけど、この絵の場合、少女に手首がないという点にそれが集約されているような気がする。……詠子さんの死因は手首の動脈切断による出血多量だけど、これがそのことと関係あるのかどうか、そのあたりがはっきりしないと正確には言えないが、ともあれ、手首がないというのは非常な無力感の象徴と取りたい。もうひとつ大胆に言うと、その無力感は人生とか生活とかいった漠然としたものではなく、比較的具体性のある何物かに向けられていると思うんだよ」

「へえ、それは」

「なぜかというと、少女から欠けているのが手首という割合小さな部分だからだ。もっと大きな対象への無力感なら、両腕がないとか、手足がないとか、そういった描き方になるような気がするんだよ。……それではその対象が何かというと、この絵に限って言えば、不気味な男の顔と、少女をとりまく内臓、そして少女を溶かす胃液などが該当しそうだね。ただ、この画面いっぱいに描かれた男が特定の人物なのか、ある観念の擬人化なのか、それとも彼女自身のもうひとつの象徴なのかはよく分からない。ともかく彼女はその何かに取りこまれ、消化されてしまおうとしている。鋭く光る鎌はその彼女の虚しい反撃の願望かな」

「じゃ、数字とか時計の針は」

「バラバラになった時間・空間の象徴と思えるね。蔓草は、それに伴ってカオスのようになってしまった森羅万象をひとつの形式で克服しようという試みかな。靄のなかから浮かびあがった幾何学的建築物も、どろどろした混乱と、かっちりした整然さとの相克《そうこく》に繋がるような気がするし……」

「すると全体としては、あるものに対する無力感・敗北感がまず中心にあって、その周囲をカオス的無秩序と幾何学的整然さとの相克が取り巻いている——という感じかな」

「そうだね」

天野はこっくりと頷いて、

「つけ加えて指摘するなら、男の首に巻きついた蛇。——これをどう解釈するかなんだけど、僕にはしっくりくる答が思いつかないんだ。どだい、これだけで推理するのが無理なんだとは思うけど……」

「じゃ、それはあとにまわすとして、総括してどういうことが言えると思う？」

「とにかく分裂症的気分の強い作品だね。もちろんこれはあくまで傾向の話で、彼女に分裂症の疑いがあるというわけじゃないよ。……しかし、それにしてもこの気分はあまりに濃く漂っている。粘り着くような重い不安。バラバラに意味を失いかけた世界。どうすることもできない無力感」

「ふうん……」

相手はしばらく言葉を切った。

「おい、信ちゃん。――推理のためにも、一度コントラクト・ブリッジを実際にやってみないか」

天野の誘いに須堂はびっくりしたらしく、

「え。だって、君の書く今度の事件の実録小説に、ブリッジのやり方も説明しておくって言ってたじゃない」

「それはそのつもりだけど、やっぱり実際にやってみるのがいちばんだよ。……ここのところ、君はひどく忙しそうだけどね」

「うん、まあ、忙しいのは事実だけど」

須堂は勿体《もったい》をつけるように咳払いして、

「でも一日くらい、ゲームをやる暇なら取れるよ」

「よし、決まった。典子さんと智久君も集めて、四人でやることにしよう。今度の日曜だ。場所は冷房のあるところ。そっちで決めておいてくれ。それまでには僕もいちおうのところまで小説を書きあげておくよ」

「強引だねえ、どうも」

「文句ある？　信ちゃんだって嫌いじゃないくせに」

「それはそうだけど……」

天野の笑いに、電話のむこうからもつられたような笑い声が返ってくる。しかしその須堂の笑いには、やはりどこかいつもと違った響きがあるように思えた。

天野はふと気づいて、押し被せるように言う。

「そうそう。このあいだ、面白いことに気がついたんだ。五十二枚のカードをスーツごとに、AからKまで、左から右に並べてみたんだよ。そうすると、おのおののスーツで、ジャックとクイーンとの関係がみな違っていることに気がついた。……どういうことかって。つまり、そういう順に並べたとき、ハートでは両者は顔を向けあい、クラブでは逆に背を向けあっている。ダイヤではジャックはクイーンの背中を見つめ、そしてスペードではクイーンがジャックの背中を見つめる恰好になっているのさ。……分からないかな。つまり、詠子さんのそばに落ちていたカードは、♠Qの熱い視線が向けられているにもかかわらず、冷たくそっぽを向いた♠Jだったんだ。何だか面白いと思わないか。僕にはとても面白いことのように思えるんだ。そうだよ。

とても面白い……」

♥Q　カード・ゲーム用語表

Ｉ　カードに関する用語

【ナンバー】

カードに与えられた数字。ランクは通常、Ａが最高で、そのあとにＫ・Ｑ……２と続く。

【スーツ】

カードのマークで、スペード、ハート、ダイヤモンド、クラブの四種がある。

【インデックス】

カードに印刷されたナンバーとスーツのこと。中央をはさんで、左上隅と右下隅にしるされた見出し。

【デック】

五十二枚がそろった一組のカードのこと。あるいはそこへ、ジョーカーを加えた一組のこと。

【パック】

何枚かで一組となったカード。デックの場合にも使うことが多い。パイル。パケット。

【同位札】

同じナンバーの札をいう。一組のカードに四枚ずつ組合わされた同位札は十三組ある。

【同種札】

同じスーツの札をいう。十三枚ずつ四組。十三枚がきちんとそろっていない場合でも使う。

【グループ】

同位札の集まり。狭義では三枚以上を指す。二枚の時はペアという。

【シークエンス】

連続した数の札の集り。狭義では三枚以上。K・A・2を組ませてシークエンスとは普通いわない。

【シリーズ】

十三枚一組のシークエンス。多くは同スーツの連続で並んだ十三枚を意味する。

【コート・カード】

絵札。K・Q・Jのこと。フェイス・カード。日本語の時にはAを含めて使う場合が多い。

【スポット・カード】

数札。2から10までの札のこと。ランクの関係によってはまれに、Aを含めて使う。

【ハンド】

手札。各人の権利があるカードをさす言葉。普通は裏向けて配られ、そのプレーヤーのみ内容を知ることができる。

【ストック・カード】

山札。場に積んで置かれてあるパック。普通裏返しで全くだれにも内容が分からぬ状態にされている。

【テーブル・カード】

場札。その場に出されているカード。多くの場合には、さい初の山札と区別される。

【トップ・カード】

パックのいちばん上にあるカード。

【ボトム・カード】

底札。パックのいちばん下にあるカード。

【アップ・カード】

公開して置かれ、その表が見えるカード。

【ホール・カード】

裏向きに伏せて、表が隠されたカード。

【ワイルド・カード】

代札。全てのカードのうち任意の一枚に代用できる特別の能力を持つカード。一般には、ジョーカーをこれにあてる。

【トランプ】

切り札。他のどのスーツよりもランクが上と決められた、特定のスーツ。また、切り札を出すこと。

【プレイン・カード】

平札。切り札が決められたとき、それ以外のスーツのカードをいう。一般に、切り札以外のスーツのあいだに上下関係はない。


【ウィドウ】

配り残された数枚の札をいう。あるいは場に置かれた、すべてのプレーヤーが共通に使用できるカードのこと。


【スペキューレーション】

スペードのAのこと。またはオールマイティとも呼ばれる。日本独特のランクづけで、これをジョーカーの次に強いカードとする場合にいわれる。またはジョーカーをもしのぐ最高位のカードとする場合も多い。

II　プレイの準備に関する用語

【ディール】

カードを配ること。最初の配り間違いをミス・ディールという。


【ディーラー】

カードを配る役割りのプレーヤー。


【ローテーション】

プレーヤーが円形をなして並んだとき、時計回りの一巡のことをいう。ディール、プレイの順番など、すべてのゲーム進行は、基本的にこのローテーションに従う。

【エルデスト・ハンド】
ローテーションにしたがって、ディーラーの左隣りにいるプレーヤー。ディールはここからはじめる。

【リボン・スプレッド】
一枚一枚のカードを、わずかだけずらして、デックをテーブルの上に帯状にひろげること。普通、ディーラーを決めるときは、ここから各プレーヤーが一枚ずつカードを引き、そのランクの上下によって決定される。

【シャッフル】
カードを切りまぜること。デックを左手で持ち、その手前から右手でパックを引き出し、数枚単位でもとのカードのトップに重ねていく方法は、日本独特のもので、ヒンズー・シャッフルと呼ばれる。世界的に共通なのは、左手のデックの右縁から右手でパックを引き出して行なう方法で、これはオーバー・ハンド・シャッフルと呼ばれる。カードをパラパラとはじくリフル・シャッフルにも二種類あり、デックを半分に分け、右手と左手に持って、双方のカードのエンドをはじきながら重ねあわせ、それを再びはじいてきちんとしたデックになおす方法は、ウォーターフォール・シャッフルと呼ばれる。正式なリフル・シャッフルは、双方のカードの手前のコーナーをはじきながら重ねあわせ、それを外側のエンドから押しこんでデックになおす方法をとる。望ましいシャッフルの方法は、オーバー・ハンド・シャッフルと正式なリフル・シャッフルを併用することである。

【カット】

デックをその中央で分けて、上半分と下半分を交換すること。シャッフルのあと、ディーラーは右隣りのプレーヤーにデックをカットしてもらってからディールをはじめるのが常識。

【スニーカー・カット】

デックの中央からパックを抜き出してトップに重ね、次にこのデックの上半分と下半分を交換するというカットの方法。いかさま防止に工夫されたカット。

【パートナー】

複数のプレーヤーで組が作られ、その組どうしが戦うゲームにおいて、仲間となるプレーヤー。

Ⅲ　プレイに関する用語

【ドロー】
山札や他のハンドから一枚かそれ以上のカードを引くこと。

【ディスカード】
捨て札。一般的な意味では、ハンドから不要なカードを場に捨てること。特殊な意味は、フォローの項の2を見よ。

【メルド】
グループやシークエンスで特定の組み合わせができたカードをハンドから出して、場にさらすこと。また、そのさらしたカードのこと。

【トリック】
各プレーヤーがカードをいちまいずつ場に出し、ランクの上下を争う、その一巡のプレイを意味する。一巡で一トリックとなる。

【トリック・テイキング】
トリックを取る。トリックでいちばん上位のカードを出して勝つこと。

【リード】

一回のトリックを始めるために、最初にあるカードを場に出すこと。これに続くプレーヤーは、必ず同じスーツのカードを出さねばならず、ハンドに同種札がない場合にのみ、異なるスーツのカードを出せる。しかしその場合、そのカードが切り札でなかったならば、無条件でリードされたスーツの札に負けることになる。前回のトリックの勝者が次回のリードを行なう。

【スターター】

台札。その場にリードされたカード。

【フォロー】

リードに従って同じスーツのカードを出すこと。スターターと同種札がなく、フォローできないときにのみ、次の二つの行為が選択できる。1、トランプ（切り札を出すこと）2、ディスカード（切り札でない異種札を出すこと）

【オープニング・リード】

そのゲームの第一巡目のトリックのリード。

【ビッド】

勝つトリック数、集めようとする札の点数などを、予《あらかじ》め宣言すること。ビッディング。

【オークション】

ビッドに勝ち残った者がもつ特権を争うせりのこと。

【コントラクト】

オークションで勝ち残った者が、最終的に契約した宣言。

【デクレアラー】

コントラクトの切り札を決めたプレーヤー。

【ディフェンダー】

デクレアラー（側）に対して、そのコントラクトを失敗させようとして戦う側のプレーヤー。

【ノートランプ】

切り札なしのゲームのこと。ビッドにおけるランクは、普通、ノートランプが最高で、スペード、ハート、ダイヤモンド、クラブと続く。

【メイク】

デクレアラー（側）が、予め請け負ったコントラクトを達成すること。

【オーバー】

デクレアラー（側）が、宣言より多く勝つこと。

【ダウン】
デクレアラー（側）が、メイクできなかったこと。
【チップ】
現金の代わりに賭けることを目的としたピース。
【ベット】
チップを出して賭けることをいう。ベッティング。
【ポット】
各プレーヤーが場の中央に置く、ベットしあったチップの山。
【アンティ】
場代。そのゲームの参加を示すため、ゲームの前にポットに支払う一定額のチップ。
【オープン】
さい初に具体的な額をベットすること。
【チェック】
オープンの権利を下手に移動させること。ベットの権利は残る。
【フォールド】

そのゲームを棄権すること。自分のベットしたチップも放棄する。ドロップ。

【ステイ】

フォールドをしないでそのベッティングに残ること。

【ステイヤー】

フォールドせずベッティングに残っているプレーヤー。アクティブ・プレーヤー。

【コール】

右隣りのステイヤーにベットされた同じ額のベットをすること。

【レイズ】

右隣りのステイヤーの額にあわせず、それ以上のベットをすること。キック。

【ブラフ】

よくないハンドでありながら、他のプレーヤーを威嚇《いかく》し、フォールドさせるためにベットするといった、心理作戦。

【ショウ・ダウン】

最後のベッティングのあと、各ステイヤーのハンドを開いて、勝敗を決めること。

【パス】

ビッドやプレイの権利を一旦はなすこと。

【リボーク】

リードされたとき、うっかりして出さなければならないカードがハンドにありながら、出さないといった類いの反則。

【スコア】

獲得した各人の点数。または得点表。

【スコアリング】

点数づけのシステム。たわいないゲームが、すぐれたスコアリングの考案によって、興味あるゲームに変貌する場合も多い。

♥K　コントラクト・ブリッジ用語表

Ｉ　カードやハンドに関する用語

【メジャー・スーツ】

四種のスーツでその上位にある、スペードとハート。

【マイナー・スーツ】

ダイヤモンドとクラブ。

【タッチング・スーツ】

隣あうスーツ。さん種類の組がある。（♠と♥、♥と♦、♦と♣）

【アナー・カード】

コート・カードへ、Aと10を加えた五種の絵札。

【ディストリビューション】

一人のハンド（これは多く、最初に配られたハンド）でのスーツの分布状態。

【ボイド】

あるスーツの札がわずかに一枚も、最初のハンドにない状態。

【シングルトン】

いち枚しかないかつ好で、あるスーツがハンドに存在する状態。

【ダブルトン】

ハンドが配られたなかに、あるスーツが二枚だけある状態。

【シークエンス】

続き札。二枚から、ブリッジの場合、シークエンスという。

【テネス】

ＡＱなど、手にひそむ、中抜けの同スーツの絵札の組み合わせ。

【ミドル・シークエンス】
ＡＱＪなど、なかに沈んだシークエンス。インテリア・シークエンス。

【ストッパー】
プレイになったさい、あるスーツで次々に負ける破綻を防ぐ止め札。

【ダブル・ストッパー】
次々負ける破たんを、二回防ぐ札。

【クイック・トリック】
早いうち（厳しくだと、あるスーツで二巡以内）に取れることが期待されるトリック。

【コントロール】
プレイになったさい、あるスーツで次々に負ける破綻を喰い止めるもの。
ファースト・ラウンド・コントロール
　Ａやボイドなど、一巡目でリードを奪えるコントロール。
セカンド・ラウンド・コントロール
　Ｋ×やシングルトンなど、二巡目にはリードを奪えるコントロール。（×は任意

の札。多くの場合、屑札)

II　基本的ルール

・使用カード　ジョーカーを除いた五十二枚。

・人数　四人。二人ずつパートナーを組み、その二組のあいだで勝敗が争われる。味方に対しての敵側を、オポーネントという。

・席順。敵同士で交互に座り、味方は向かいあう。

・一回の勝負は、ビッドの段階とプレイの段階に分けられる。

・ビッドは、五十二枚のカードを各プレーヤーに十三枚ずつ全部ディールしたのち、ディーラーからはじめて、ローテーションに従い、一人ずつ行なわれる。各プレーヤーは自分のハンドを評価しながら、パートナーとあわせて何トリック取れるかを予想し、宣言する。その内容は『あるスーツ』を切り札として、『ある数』のトリックを取る、という形で行なう。十三トリックのうち、過半数は七トリックだから、ビッドできるトリック数は七〜十三である。慣習によって、七を1《ワン》、八を2《ツー》、……十三は7《セブン》とし、それに続けて切り札としたいスーツを言うことになっている。

・また、ビッドは、そのトリック数、および、スーツによって、高低のランクがある。最低が1♣で、それに続き、1♦、1♥、1♠、1NT《ノートランプ》、2♣、2♦、2♥、2♠、2NT、3♣……そして7NTが最高となる。ビッドの原則は、前のプレーヤーのビッドより高いランクのビッドをしなければならないことで、それができないなら、「パス」しなければならない。

・また、相手方のコントラクトを落とせそうだと判断した場合、その敵方のビッドに対して、「ダブル」をかけることができる。これは、その回の点数計算を、平常時より高くする宣言である。その場合、ダブルをかけられた側が、自分たちのコントラクトを達成する自信があれば、「リダブル」をかけて、点数計算をダブルのさらに二倍にすることができる。ただし、この「ダブル」「リダブル」は、その後に具体的なビッドが宣言されたとき、直ちに無効となる。

・具体的なビッド、また、ダブル、リダブルは、そののち、他の三人がパスをしたとき、自動的に最終的なコントラクトとして決定する。三人続けてパスが宣せられたあと、そのあとのプレーヤーがさらにビッドを続けることはできない。

・コントラクトがまだ決定していない状況なら、プレーヤーはあるラウンドでパスしても、その後のラウンドで、いつでもビッドする権利は回復できる。また、ダブルは味方のビッドに対してはかけられない。同様に、リダブルは敵方のダブルに対してしかかけられない。

・コントラクトが決定したとき、そのパートナーのあいだで、そのコントラクトのスーツを最初にビッドしたほうがデクレアラーとなる。例えば、AとBのパートナーで、Aが1♣、Bが1♠、Aが1NT、Bが2♥、Aが2♠とビッドし、そこでコントラクトが決まった場合、スペードを最初に言い出したのはBであるから、Bがデクレアラーになる。最後にビッドした者がデクレアラーになるのではない点に注意しなければならない。

・オープニング・リードは、デクレアラーの左隣りのプレーヤーが行なう。

・オープニング・リードがなされたあと、デクレアラーの向かい側のプレーヤーは、自分のハンドをテーブルにさらしてしまう。これを「ダミー」という。ダミーになった者は、プレイに関する判断をいっさい表面にあらわしてはならない。ダミーのハンドからどのカードを出すかは、すべてデクレアラーの指示に従う。

・その後のプレイはトリック・テイキングの原則に従う。十三トリックが終われば一回の勝負が終了し、得点をつける。

・一回のプレイごとに、ディーラーは一人ずつ、ローテーションに従って移っていく。

・デクレアラー側がコントラクトを達成した場合、そのコントラクト固有のトリック・ポイント（基本点）がデクレアラー側の得点として与えられる。これは「実際に取れたトリック数」ではなく、「コントラクトによって決まった点」であるから注意しなければならない。

その表を次頁に掲げる。

・また、コントラクトより余分にトリックが取れたときは、そのオーバートリックの分だけ、♣♦なら20点ずつ、♥♠NTなら30点ずつ、オーバートリック・ボーナスとしてデクレアラー側に与えられる。

・デクレアラー側がコントラクトを達成できなかったときは、そのダウンした分だけ、アンダートリック・ボーナス（もしくはペナルティー）がディフェンダーに与えられる。この点数は状況によって違う。

・何回かの勝負で、加算されたトリック・ポイントの合計が、どちらかが100点に達するか、あるいはそれを超えると、1ゲームが終了する。♣♦の場合は5、♥♠の場合は4、NTの場合は3以上のコントラクトを達成すれば、それぞれ一回の勝負でゲームになる。ゲームを決めるのは総得点の合計ではなく、トリック・ポイント

	1	2	3	4	5	6	7
♣♦	20	40	60	80	100	120	140
♥♠	30	60	90	120	150	180	210
NT	40	70	100	130	160	190	220

の合計である点に注意しなければならない。

・トリック・ポイントの合計がまだゲームに達していない状態をパート・スコア、またはパーシャル・スコアという。

・どちらかが先に2ゲームを取れば、1ラバーが終了する。2ゲーム先に取ると、ラバー・ボーナスが与えられる。相手にゲームを与えないで2ゲーム連取したときには700点、3ゲーム目を取ったときには500点になる。コントラクト・ブリッジの基本的な勝敗は、この1ラバーをひとつのセットとして考える。この方法をラバー・ブリッジという。

・ある側が、まだゲームを取っていない状態をノンバルネラブル、略してノンバルという。1ゲーム取っている状態はバルネラブル、略してバルという。バルは一種のハンディがつけられた状態で、点数計算は、バルとノンバルで異なるものが多い。

・ダブルがかけられた状態でコントラクトを達成した場合、その回のトリック・ポイントは倍の点数になる。例えば、2♥のビッドにダブルがかけられ、そのあと三人がパスしてコントラクトが決まり、それが達成した場合、60×2＝120点のトリック・ポイントがデクレアラー側に与えられ、一度にゲームに達することになる。また、ダブル時の達成には、別にダブル・ボーナスとして、50点が与えられる。

・リダブルをかけてコントラクトを達成した場合は、トリック・ポイントは四倍になる。このときも、ダブル・ボーナスとして50点が与えられる。

・6と7のコントラクトを達成したときはスラムといい、スラム・ボーナスがデクレアラー側に与えられる。6はスモール・スラム、7はグランド・スラムという。

これらの表を次頁に掲げる。

・ラバー・ブリッジのスコアは次のようにつける。

We	They

・スコアを書く人が、自分たちの側を We 相手方を They として、前図のような表を書く。中央の横線《ライン》の下にはトリック・ポイントを、上にはそれ以外のボーナス・ポイントを記入する。

・以下、実例。

① We が3♦のコントラクトでツー・オーバー。
② They が4♠でワン・ダウン。
③ We の4♥にダブル。ツー・ダウン。
④ We が3♣で、ジャスト・メイク。

これまでのところを表に記入すると、次のようになる。

オーバートリック・ボーナス			スラム・ボーナス		
	ダブル	リダブル		6	7
ノンバル	100	200	ノンバル	500	1000
バル	200	400	バル	750	1500

アンダートリック・ボーナス						
アンダブルド			ダブル		リダブル	
	ノンバル	バル	ノンバル	バル	ノンバル	バル
1アンダー	50	100	100	200	200	400
2 〃	100	200	300	500	600	1000
3 〃	150	300	500	800	1000	1600
4 〃	200	400	700	1100	1400	2200
5 〃	250	500	900	1400	1800	2800
6 〃	300	600	1100	1700	2200	3400
7 〃	350	700	1300	2000	2600	4000

We	They
②……50	
①……40	300……③
①……60	
④……60	

どちらかがゲームに達したら、その下に横線を書く。現在、Weがバルである。

⑤ Weが6NTのスラム・ビッド。ダブルにリダブルを返し、ワン・ダウン。

⑥ Theyの5♣にダブル。ジャスト・メイク。

We	They
	50 …⑥
50	400 …⑤
40	300
60	
60	
	200 …⑥

これで双方バルになった。

⑦ Weが7♦をメイク。

We	They
⑦…… 500	
⑦……1500	50
50	400
40	300
60	
60	
	200
⑦…… 140	

ラバーが終わり、⑧すべての点の総合計を下に記入する。⑨100点以下は四捨五入して、100で割った数を出し、⑩その差額を、点数の多かったほうのスコアの上に置く。

We	They
⑩……+14	
500	
1500	50
50	400
40	300
60	
60	
	200
140	
⑧……2350	950……⑧
⑨…… 24	10……⑨

Weが14点勝った。ただし、2ゲームは先取りしたものの、総得点では負けていた、ということもあり得る。

・ゲームの方法としては、ラバー・ブリッジのほかに、デュプリケート・ブリッジがある。むしろ、公式の場では、ほとんどの場合、デュプリケート・ブリッジで行なう。この方法では、ゲームやラバーをワン・セットとせず、一回一回のプレイが勝負となる。また、バルとノンバルの状況は、最初から順序が決定されている。当然、スコアリングも、ラバー・ブリッジとは少し異なる。一般に、多数のパートナーで行なう。

Ⅲ　ビッドに関する用語

【パスト・アウト】
ビッドで、最初に四人全員がパスすること。その回の勝負は流れて、ディーラーが移る。

【オッド】
ビッドの代。1の代から7の代まである。

【ポイント・カウント法】
ハンドの強さを客観的に判断するための価値基準のひとつ。Aを4点、Kを3点、Qを2点、Jを1点、10以下を0点と数え、また、ディストリビューション・ポイントとして、ボイドを3点、シングルトンを2点、ダブルトンを1点と数える。ハンドでのその合計点数が、高ければ高いほど強い手となる。一般的な目安として、パートナーとあわせて何点あれば、どれくらいのコントラクトができるかを表にすると、次のようになる。

26〜　3NT　4♥　4♠
29〜　5♣　5♦

33〜	スモール・スラム
37〜	グランド・スラム

ただし、ノートランプのビッドをする場合は、ディストリビューション・ポイントを計算しない（むしろ弱点になる）。

また、K、Q、Jがシングルトンのときには、1点減点する。

【アナー・カウント法】

ハンドの強弱の価値基準のひとつ。クイック・トリックによる計算法。トリックが取れそうなカードを1点とする。あるスーツでのカードの状況によって、点数がどうなるかを表にすると、次のようになる。

A	1
AK	2
AQ	$1\frac{1}{2}$
AKQ	$2\frac{1}{2}$
K×	$\frac{1}{2}$
KQ	1
KQJ	$1\frac{1}{2}$

QJ×　$1\frac{1}{2}$
【ビッダブル】
ビッドできる。
【オープニング・ビッド】
パスでない、具体的な最初のビッド。
【オープナー】
オープニング・ビッドをしたプレーヤー。
【レスポンス】
オープナーに対して、そのパートナーがビッドを返すこと。また、そのビッド。
【レスポンダー】
オープナーのパートナー。
【オーバーコール】
オープナー・レスポンダー側のビッドに、オポーネントがビッドをかぶせること。
また、そのビッド。
【サポート】
パートナーのビッドしたスーツに対しての、自分のハンドにある同スーツの支持札。

【フィット】
ビッドによって、あるスーツがパートナーとあわせて多数あることが判明すること。原則として、八枚以上が望ましい。

【アグリード・スーツ】
フィットしたことが分かったスーツ。パートナー間でビッドが一致したスーツ。

【リビッド】
二回目のビッド。狭義では、前の回で自分がビッドしたスーツの代をあげて、ビッドしなおすこと。

【リビッダブル】
リビッドできる。

【ジャンプ・リビッド】
自分のビッドしたスーツを、言える最低の代より高くビッドすること。

【シフト】
前の回で自分のビッドしたスーツやパートナーのビッドしたスーツでない、新しいスーツをビッドすること。

【ジャンプ・シフト】

シフトするさい、言える最低の代より高くビッドすること。

【リバース・ビッド】

初めにランクの低いスーツを1の代でビッドし、二度目にランクの高いスーツをジャンプしないで2の代でビッドすること。強いハンドを示す。

【レイズ】

パートナーのビッドしたスーツを、代をあげてビッドすること。ひとつ代をあげるのを、シングル・レイズ、二つはダブル・レイズ、三つはトリプル・レイズという。

【ダミー・ポイント】

パートナー間で、あるスーツが初めてレイズされるとき、レイズするほうは自分のハンドの、ボイドを5点、シングルトンを3点、ダブルトンを1点として評価する。

【再評価】

ハンドの強さを評価しなおすこと。ダミー・ポイントもそのひとつ。ポイント・カウント法は、切り札となるスーツがたくさんある手に低目の評価を与えるので、アグリード・スーツが見つかったとき、これを行なう。パートナーにレイズされたとき、そのスーツが多数あれば、五枚目のカードに1点、六枚目のカードからは、一枚につき2点ずつ加える。

【シャットアウト・ビッド】
いきなり高い代にして、敵のビッドを阻止しようとするビッド。プリエンプティブ・ビッド。オープンの場合は、シャットアウト・オープンという。

【ペナルティー・ダブル】
本来の意味でかけるダブル。ビジネス・ダブル。

【テークアウト・ダブル】
オープニング・ビッドに対してのダブル。パートナーのいちばん長いスーツを尋ねる意味。

【オプショナル・ダブル】
シャットアウト・オープンに対してのダブル。半ばペナルティー、半ばテークアウトのダブル。

【レスポンシブ・ダブル】
オープン、テークアウト・ダブル、レスポンダーのシングル・レイズと続いたあとのダブル。相手のビッドしたスーツが短いことを示す。

【ネガティブ・ダブル】

オープンに続くオーバーコールに対してのダブル。ビッドされていない二つのスーツが四枚以上あることを示す。

【アニュージュアル・ダブル】

ノートランプやスラムのビッドに対してのダブル。パートナーにオープニング・リードするスーツを指定する意味。

【ペナルティー・パス】

落とすためのパス。パートナーのテークアウト・ダブルを、本来のペナルティー・ダブルに戻そうとするパス。

【デマンド2《ツー》】

自分一人でゲームのできそうな強いハンドのとき、2の代でオープニング・ビッドすること。

【フォーシング】

パートナーに対する、ビッドの強制。

【フリー・ビッド】

フォーシングを受けないビッド。

【テンポライジング・ビッド】

時間かせぎのビッド。次の回に自分のハンドの状況を伝えるため、便宜的にするビッド。

【サイン・オフ】

弱い手を示すビッド。パスを要請するビッド。

【キュー・ビッド】

敵のビッドしたスーツをビッドすること。

【ゲーム・ビッド】

ゲームに突入するビッド。マイナー・スーツなら5以上、メジャー・スーツなら4以上、ノートランプなら3以上の代で言うビッド。

【ゲーム・フォーシング】

ゲーム・ビッドになるまではパスしてはいけないという強制。

【サイキック・ビッド】

見せかけのビッド。敵の判断を誤らせるためのビッド。

【サクリファイス・ビッド】

犠牲ビッド。ダウンは覚悟の上で、コントラクトを買おうとするビッド。

【ショート・クラブ】

オープニング・ビッドで、点数はあってもビッドできる適当なスーツがないとき、三枚しかないクラブでビッドすること。

【システム】

ビッドによってハンドの状態を伝えあい、効率的にコントラクトを取るために組織化された、ビッディングの体系。一般にはスタンダード・システムが使用される。ほかに、ロス・ストン・システム、カプラン・シャインウォールド・システム、シエンケン・ビッグ・クラブ・システム、エーコール・システムなど。

【コンベンション】

ビッディングの特別な約束。

【ステーマン】

1NTのオープンに対する、2♣のレスポンス。オープナーにメジャー・スーツの状態を尋ねる意味。

【ブラックウッド】

ジャンプしての4NTと、次の回の5NTのビッド。それぞれ、AとKの枚数をパートナーに尋ねる意味。

【ガーバー】

ジャンプしての4♣のビッド。Aの枚数を尋ねる意味。普通、パートナーがノートランプのビッドをしたときにだけ使う。また、そのレスポンスのすぐ上のスーツのビッド。これはKの枚数を尋ねる意味。その他、様ざまなものが考案されている。ネガティブ・ダブル、アニュージュアル・ダブル、レスポンシブ・ダブルもコンベンションのひとつと考えられる。ほかに、ジャコビ・トランスファー、アストロ、ランディー、リプストラ、フィッシュバイン、ローマン・ブラックウッド、サンフランシスコ・コンベンションなど。

【ルール・オブ・2&3】

バルのときはツー・トリック、ノンバルのときはスリー・トリック分を相手に期待するという考え方。シャットアウト・オープンや、オーバーコールのときの、判断の目安とする。

スタンダード・システム

①オープニング・ビッド

<table>
<tr><td></td><td>点数</td><td colspan="5">条　　件</td><td>ビッド</td></tr>
<tr><td></td><td>0〜12</td><td colspan="5"></td><td>パス</td></tr>
<tr><td rowspan="2">1の代のスーツ</td><td>13</td><td colspan="5">ビッダブル・スーツがある　QT（クイック・トリック）が合計2以上
ただし、メジャー・スーツが6枚以上なら、QTが2未満でもオープン</td><td rowspan="2">1の代のスーツ</td></tr>
<tr><td>14〜22</td><td colspan="5">必ずオープン　14〜15点でビッダブル・スーツのないバランス・ハンドなら、ショート・クラブも可</td></tr>
<tr><td rowspan="4">デマンド2</td><td>21以上</td><td>7枚以上の良いスーツ</td><td colspan="4" rowspan="3">5枚のスーツが別にあれば、1点少なくてもよい
しかしマイナー・スーツでしかゲームがなさそうなら、2点多いことが必要</td><td rowspan="4">2の代のスーツ</td></tr>
<tr><td>23以上</td><td>6枚以上の良いスーツ</td></tr>
<tr><td>25以上</td><td>5枚以上の良いスーツ</td></tr>
<tr><td>26以上</td><td colspan="5">ディストリビューションが4−4−4−1</td></tr>
<tr><td rowspan="5">シャット・アウト</td><td rowspan="5">12以下</td><td colspan="5">7枚以上のスーツがある　クイック・トリックは合計2以下　他に4枚以上のスーツがない</td><td rowspan="2"></td></tr>
<tr><td></td><td>味方がノンバル</td><td>双方バル</td><td>味方だけバル</td><td>スーツの種類</td></tr>
<tr><td rowspan="3">ウィナーの数が</td><td>6</td><td>7</td><td>8</td><td>どちらでも可</td><td>3の代のスーツ</td></tr>
<tr><td>7</td><td>8</td><td>9</td><td>メジャーが主</td><td>4の代のスーツ</td></tr>
<tr><td>8</td><td>9</td><td>10</td><td>マイナーのみ</td><td>5の代のスーツ</td></tr>
<tr><td rowspan="3">ノートランプ</td><td>16〜18</td><td colspan="5">バランス・ハンド(4−3−3−3、4−4−3−2、5−3−3−2)
ただし、5枚のスーツはマイナー・スーツであること
各スーツにストッパーがある</td><td>1NT</td></tr>
<tr><td>22〜24</td><td colspan="5">同　上</td><td>2NT</td></tr>
<tr><td>25〜27</td><td colspan="5">同　上</td><td>3NT</td></tr>
</table>

※1の代のオープニング・ビッドは
{いちばん長いスーツからビッドする
長いスーツが同じ枚数で2種類あるときは、基本的にはランクの上のスーツからビッドする

②レスポンス

オープン	条件		点数	レスポンス
1の代のスーツ			0～5	パス
	サポートがないとき	別のスーツも1の代で言えない	6～9	1NT
		4枚以上の別のスーツがある	6～18	1の代でシフト
		別のスーツが1の代で言えない	10～18	2の代でシフト
	サポートがあるとき	オープンがメジャーのときはQ××またはJ10×以上の3枚でも、サポートとして認められる	6～9	シングル・レイズ
		オープンがマイナーで、別に4枚のメジャー・スーツがある	6～9	1の代でシフト
		テンポライジング・ビッドを行なう	10～12	低い代でシフト
		必ず4枚のサポート	13～15	ダブル・レイズ
		オープンがマイナー、別にメジャーが4枚以上	13～15	低い代でシフト
		テンポライジング・ビッドを行なう	16～18	低い代でシフト
		5枚以上のサポートがあり、ディストリビューションが片よっている	8以下	トリプル・レイズ
	4枚のメジャー・スーツがないバランス・ハンド　各スーツに平均した絵札がある		13～15	2NT
			16～18	3NT
	ハンドの形にあまり関係なく		19以上	ジャンプ・シフト
2の代のスーツ			0～7	2NT
	サポートがなく、別に絵札で3点以上を含む4枚以上のスーツ		8以上	低い代でシフト
	サポートもビッダブル・スーツもない　NTの意志を表わす		7～9	3NT
	サポートがある		8以上	シングル・レイズ
	Q×××か5枚以上のサポートはあるが、コントロールが皆無			ダブル・レイズ
3の代のスーツ	メジャーで、ノンバルは4ウィナー、バルは3ウィナー以上			シングル・レイズ
	2枚以上のサポート　他のスーツにはストッパーがある			3NT

オープン	条　　件	点数	レスポンス	オープナーのリビッド
1NT	バランス・ハンド	0～7	パス	
		8～9	2NT	パス(16)　3NT(17—18)
		10～14	3NT	パス
		15～16	4NT	パス(16)　5NT(17)　6NT(18)
		17～18	6NT	パス
		19～20	5NT	6NT(16)　7NT(17—18)
		21以上	7NT	パス
	片よったハンド	0～7	2♣以外の2の代のスーツ	パス
		8～9	2♣（ステーマン）をビッドして、次の回に自分の長いメジャーを言う	2♦　4枚のメジャーがない 2♥　4枚の♥あり♠は不明 2♠　4枚の♠あり♥はなし
		10以上	3の代のメジャー・スーツ	3NT（2枚のサポート） シングル・レイズ（3枚以上のサポート）
		15以上	3の代のマイナー・スーツ	スラムの可能性を考える
2NT	バランス・ハンド	0～2	パス	
		3～8	3NT	パス
		9～10	4NT	パス(22)　5NT(23)　6NT(24)
		11～12	6NT	パス
		13～14	5NT	6NT(22)　7NT(23—24)
		15以上	7NT	パス
	片よったハンド	3以上	3♣以外の3の代のスーツ (1ラウンド・フォーシング)	何かビッド
			3♣（ステーマン）	ステーマンに答える
3NT	バランス・ハンド	0～5	パス	
		6～7	4NT	パス(25)　5NT(26)　6NT(27)
		8～9	6NT	パス
		10～11	5NT	6NT(25)　7NT(26—27)
		12以上	7NT	パス
	片よったハンド		長いスーツ　6以上ならスラムへ	スラムの可能性を考える

③1の代でオープンした人のリビッド

レスポンス	サポート	点数	条件	リビッド
1の代でシフト	ない	13〜15	オープンしたスーツがリビッダブル	リビッド
			平均したハンド	1NT
		13〜18	別にビッダブル・スーツがある	リバースしないでシフト
		19以上	別にビッダブル・スーツがある	ジャンプ・シフト リバース・ビッド
			オープンしたスーツがリビッダブル	ジャンプ・リビッド
		19〜20	平均したハンド	2NT
		21〜22	同　上	3NT
	ある	13〜15		シングル・レイズ
		16〜18		ダブル・レイズ
		19〜22	メジャー・スーツの場合だけ	トリプル・レイズ
低い2の代でシフト	ない	13〜15	オープンしたスーツがリビッダブル	リビッド
			別にビッダブル・スーツがある	リバースしないでシフト
			平均したハンド	2NT
		16〜18	オープンしたハンドがリビッダブル	ジャンプ・リビッド
			別にビッダブル・スーツがある	シフト（リバースでもよい）
			平均したハンド	3NT
	ある	13〜15		シングル・レイズ
		16〜18		ダブル・レイズ
		19以上	ハンドの形にあまり関係なく	ジャンプ・シフトかリバース

レスポンス	点数	条件	リビッド
シングル・レイズ	13〜15		パス
	16〜18		シングル・レイズ
		別にビッダブル・スーツがある	リバースしないでシフト
		平均したハンド	2NT
	19以上		ゲーム・ビッド　ジャンプ・シフト リバース・ビッド
1NT	13〜16	平均したハンド	パス
	17〜19	同　上	2NT
	20〜21	同　上	3NT
	13〜15	オープンしたスーツがリビッダブル	リビッド
	13〜18	別にビッダブル・スーツがある	リバースしないでシフト
	19以上	オープンしたスーツがリビッダブル	ジャンプ・リビッド　ゲーム・ビッド
		別にビッダブル・スーツがある	ジャンプ・シフト　リバース・ビッド

④レスポンダーのリビッドの目安		
点数	オープナーのリビッド	リビッド
0～7	フォーシングがない限り	パス
8～9	オープナーが13～15点	パス
	オープナーが16点以上	弱い手を示すビッド
10～12		リビッドやシフト
13～15		フォーシング ゲーム・ビッド
16～18		ジャンプ・リビッド などの、強いビッド
19以上	スラムを逃さないように注意する	

⑤オーバーコール			
ビッド	点数	条件	
1の代のスーツ	10～16	ノンバル	QJ×××か、Q××××× 以上のスーツがある
	12～16	バル	
2の代のスーツ	12～16	ノンバル	
	14～16	バル	
ダブル（テークアウト）	13以上	レスポンスに対応できる	
	16以上	5枚以上の良いスーツ 次の回に自分のスーツを言う	
1NT	16～18	バランス・ハンド 敵のスーツにストッパーがある	
キュー・ビッド	23以上		

⑥パートナーのオーバーコールに対するレスポンス			
パートナーのビッド	点数	条件	ビッド
1、2の代のスーツ		サポートがなければ普通は	パス
	8～12	3枚以上のサポート	シングル・レイズ
	13～15	同上	ダブル・レイズ
	16以上	同上	トリプル・レイズ
		サポートがなく、他のコントラクトがよい	シフト 低いNT
	10以下	6枚以上のスーツ QTは1以下	ジャンプ・シフト
	16以上	ゲームは確実で、スラムの可能性がある	キュー・ビッド(フォーシング)
テークアウト・ダブル	0～9	3枚でもいちばん長いスーツを	ビッド
	10～12	5枚以上のスーツがある	ジャンプ・ビッド
	13以上		キュー・ビッド(フォーシング)
	8～10	4枚のメジャー・スーツのないバランス・ハンド 敵のスーツにはストッパーがある	1NT
	11～12	同上	2NT
	13以上	同上	3NT
		敵のコントラクトが落とせそうなとき	パス

⑦敵のオーバーコールがはいったときのレスポンスの変化			
敵のビッド	点数	レスポンス	条件
1、2の代のスーツ	0～8	パス	
	9～11	1NT シングル・レイズ	それぞれ積極的なビッドになる
	7～10	ダブル（ネガティブ）	オープナーと敵のスーツがない 1の代
	7～12	ダブル（ネガティブ）	同上 2の代に対して
テークアウト・ダブル	0～9	パス又はダブル以外のビッド	
	10以上	リダブル	絵札点だけ

⑧レスポンダーが最初にパスしているとき、パートナーの１の代のスーツのオープンに対するレスポンス			
点数	レスポンス	条　件	注　意
0〜5	パス		ジャンプ・シフト以外はフォーシングにならない オープナーは、レスポンダーが13点ないことを忘れないように
6〜9	1NT	サポートがなく、良いスーツもない	
	シングル・レイズ	4枚以上のサポートがある	
6〜12	1の代でシフト	4枚以上の別のスーツ	
10〜12	2の代でシフト	別のスーツが1の代で言えない	
	2NT	4枚のメジャー・スーツがないバランス・ハンド	
	ダブル・レイズ	4枚以上のサポートがある	
	ジャンプ・シフト	5枚以上のスーツがある	

⑨A・Kアスキングのコンベンション						
	Aを聞く	レスポンス	枚　数	Kを聞く	レスポンス	枚　数
ブラックウッド	4NT	5♣	0又は4	5NT	6♣	0又は4
		5♦	1		6♦	1
		5♥	2		6♥	2
		5♠	3		6♠	3
ガーバー	4♣	4♦	0	レスポンスのひとつ上のランクのスーツをビッドする	1つ上	0
		4♥	1		2つ上	1
		4♠	2		3つ上	2
		4NT	3		4つ上	3
		5♣	4		5つ上	4

Ⅳ　プレイに関する用語

【ウィナー】

勝てるカード。

【ルーザー】

負けるカード。

【ラフ】

切り札で切ること。

【ラフ・アンド・スラフ】

パートナー間のハンドで、一方が切り札で切り、他方でルーザーを捨てること。ラフ・アンド・ディスカード。

【カバー】

敵の出した札よりも高い札を出すこと。

【オーバーラフ】

敵が切った切り札よりも高い切り札で切ること。上切り。

【エスタブリッシュ】

他のプレーヤーのハンドからあるスーツのカードを吐き出させて、一人のハンドに残ったそのスーツのカードが全部ウィナーになること。

【ダック】

あるトリックで、勝てるカードをわざと出さないこと。

【ホールドアップ】

あるスーツが敵の手からなくなるまでダックし続けること。

【エントリー】

リードを奪えるカード。また、パートナー間で、一方から他方へ、リードを移動させることができる橋渡し。

【セカンド・ロー】

リードされた二番手のプレーヤーのハンドからは、低いカードを出すほうがよいという、基本的な考え方。

【サード・ハイ】

リードされた三番手のプレーヤーのハンドからは、最も高いカードを出したほうがよいという、基本的な考え方。

【フィネス】

テネスなどのハンドの状況や四人の位置を利用して、効果的にトリックを取る方法。その状況に応じて、様ざまな種類がある。シングル・フィネス、ダブル・フィネス、トリプル・フィネス、ディープ・フィネス、オブリガード・フィネス、バックウォード・フィネス、トランプ・フィネス、フリー・フィネス、スクープ・フィネスなど。

【シグナル】

パートナーに、リードしてほしいスーツを示す合図。

【トップ・オブ・シークエンス】

シークエンスからカードをリードするときは、ＡＫの場合を除いて、その頭から出すという約束。

【トップ・オブ・ナッシング】

屑札のスーツからリードするときは、その頭から出すという約束。

【トップ・オブ・ダブルトン】

ダブルトンからリードする場合は、その頭から出すという約束。

【フォース・ベスト】

絵札を含む四枚以上のスーツからリードする場合は、頭から四番目のカードを出すという約束。

【ルール・オブ・イレブン】

オープニング・リードでフォース・ベストを行なえば、そのパートナーは、リードされた台札より高い同種札が、デクレアラーのハンドに何枚あるかが分かる。11から、台札の額面数を引き、さらに、ダミーと自分のハンドにある、台札より高いカードの枚数の合計を引くと、デクレアラーのハンドにある、台札より高いカードの枚数になる。

Ｊｏｋｅｒ　全体で三、四時間

……天野が幼い頃によくやったカード・ゲームに『切り札』と称《よ》ばれていた遊びがあった。

比較的単純な、ストップ系のゲームである。園倉や戸川に訊いてもそんな遊びは知らないという。眼についた限りの遊び方の本を読んでみても、該当するものはなさそうだった。

ごく限られた地方だけの遊戯だったのだろうか。詳細なリサーチなどをやったわけではもちろんないが、少なくとも東京ではその遊びを知っている人間に出会ったことがない。

強いて言えば、和製ゲームのなかでも比較的新しく発生した『大貧民』に似ているようだ。

ディールの前に、五十二枚のデックを適当にカットし、そのカードを公開して切り札を決める。♣の5だったとすれば、切り札のスーツはクラブで、なかでも5がその最高となる。次がA、そして順にK・Q……2。

ディーラーは数人のプレーヤーにカードを全部配る。

前回の勝者から（だったと思う）プレイがはじまる。プレーヤーは自分の左隣りの者に向かって一枚のカードを場に出す。もし同じナンバーのカードが複数あれば一度に二〜四枚出してよく、その場合、さらに任意のカードを一枚、おまけとして出すことができる。

次のプレーヤーは、自分に向けて出された一〜五枚のカードを、それぞれ自分の手のうちのカードで《切る》ことを行なう。《切る》とは、出されたカードに対して、それより上位のランクのカードを出すことである。クラブが切り札で、♥のJが出されたなら、♥のQ〜Aかクラブの札を出さなければ切れない。切られたカードはそれを切ったカードとともに場に捨てられる。こうして出されたカードを全部切ったら、今度はそのプレーヤーが自分の左隣りのプレーヤーに向けてカードを出す。

もし自分に出されたカードのうち、一枚でも切れないものが残れば（ハンドにそれ以上のカードがないこともあるし、作戦上わざと切らないこともある）、残ったカードを自分のハンドに加える。ただしこの場合、彼は自分の左隣りのプレーヤーにカードを出す権利を失う。つまり一回休みである。このときは、彼の次のプレーヤーがさらにその左隣りのプレーヤーに向かってカードを出すことになる。

カードを出すにはひとつの制限があり、左隣りのプレーヤーのハンドの枚数より多くは出せない。例えば自分のハンドが♠7♥7♦7♣7♦Qであっても、左隣りのプレーヤーのハンドが三枚しかなければ一度に全部出すことはできず、何かを一枚出すか、７を二枚出すか、７を二枚出して♦Qをつけるか、それとも7を三枚出すか、以上のうちから選ばなければならない。

こうして自分のハンドを早くなくしてしまえば勝ち。最後までハンドが残ってしまった者がビリになるというゲームである。

最後の制限が問題だった。

天野には親戚が多かった。ことに母方の兄弟が多く、正月や盆には部屋数も多い実家に何日間か一同が集まるのが恒例だった。幼い天野にとって、二十人近くいる従兄弟《いとこ》と一堂に会せるこの時期はひとつの大きな愉しみだった。

血の繋がった者どうしの心おきない語らいはいくつかの部屋に分かれて続けられ、ともすると子供たちも混じっているのもかまわず、夜遅くまで飽くことがない。

そして彼らはしばしばいろんな遊びを楽しんだ。百人一首、花札、トランプ……。トランプ遊びで言えば、ババ抜き、七並べ、ページ・ワン、ダウト（座蒲団と彼らは称んでいた）、ナポレオンなどが主である。そして切り札もそこでよく遊ばれるレパートリーのひとつだった。

幼い天野は彼らが遊んでいるのを見ていて、何となくそのルールを呑みこんだ。

藁葺《わらぶ》き屋根の古い家。柱も黒光りして斜めに傾いている。襖《ふすま》も障子もぴったりとはしまらない。大きな部屋の中央を残して、ずらりと蒲団が敷きつめられている。ゲームに参加する者は畳の場を取り囲み、あるいは胡座《あぐら》をかき、あるいは掛け蒲団を被ったまま腹這いになっている。

「もう覚えたか。やってみるか」

一人に勧められて、幼い天野もゲームに加わった。彼はけっこう要領よくプレイし、子供特有のひらめきなども見せて、何度かトップを取った。

「おっ。こりゃ油断ならん」

「強いじゃない。頭いいのね」

天野は得意になった。

そして何度かゲームは続き、ある回の最後近く、彼は苦心して手の札を全部一気に出せる形に持っていき、得意満面でそれをさらした。

「あ。ダメだよ」

「相手が二枚だから、二枚以上は出しちゃいけないんだ」

幼い天野はそのルールに気づかずにきたのだった。そして予想もしない言葉に、どうしていいのか分からなくなってしまった。慌てて手のうちに戻すというわけでもなく、そのままじっとしている彼が気の毒になったのか、周囲の大人たちは知らなかったんだから今回だけ大目に見ようということにした——ようだった。

しかしそのとき幼い天野はもうその世界とは別のところにいた。周囲の映像は確かに眼に映ってはいたが、彼とは無関係なものとしか思えなかった。大人たちの声や仕種も頭の半分で感じることはできたが、ひどく遠くの出来事のようだった。

多分彼らは幼い天野の様子が変わったのを、単にすねたか眠たくなったせいだと判断したのだろう。彼は蒲団に寝かされ、ゲームはなおも続けられたようだった。

けれども彼はそれで眠ってしまったわけではない。蒲団から首だけ出し、電球のぶらさがる下でゲームに興じる大人たちの姿を眺めながら、天野は言いようのない不安に責め苛《さいな》まれていたのだ。

彼は何度か蒲団から起き出し、そのたびに母親に寝かされたような気もする。泣いたという記憶はない。周囲の者もそれほど奇妙とは感じていなかったようだ。そして天野のその状態はゲームが終わり、明かりが消され、皆が寝静まってからも続いた。

そのときの状態をどう形容すればいいかと考えるたび、天野はいつも困ってしまう。眼に見えるもの、耳に聞こえるものと自分とのあいだに膜がはさまったような感覚と言えば近いかも知れない。あるいは自分というものがなくなってしまったような感じ。しかもそれがひどく恐ろしいのだ。

あとから考えると、全体で三、四時間くらいのあいだだっただろう。それは天野がかつて経験したうちで最も寄る辺ない時間だった。

時間と空間の裂け目にぽっこりと落ちこんでしまったような――。

あとにも先にもただ一度きりの体験だった。

高校の頃たまたま手に取った精神病理学関係の本で、その幼い頃の体験がまるでぴったり離人症《りじんしょう》の症状と重なることを知った天野は、人間の心の不思議さを痛感した。

離人症とは、様ざまな症状の寄り集まった巨大な症候群として捉えられる精神分裂症のひとつの症状であり、それだけ単独に現われることもある疾患である。天野の場合、あの出来事が引き金となってそれが一時的に出現したのだろう。

彼はそれから次第に精神病理学への興味を深めていった。人間と世界。正常と異常。狂うことの不思議。心の断面の生々しさ。

そして彼はいつのまにかその分野を職業として選んでいた自分に気づくのである。

二部

♠黒のカード

♠A　人差し指で軽く

「最初にことわっておかなければならないのは、一般に使われる『トランプ』という言葉です。実はこれを『トランプ』と称《よ》んでるのは日本だけなんですよ。外国ならどこでも『プレイング・カード』もしくは単に『カード』といいます」

ベランダごしに緑がひろがる牧場家の一室で、天野は三人に講義をはじめた。

「へえ。そうだったの」

須堂、典子、智久の生徒は意外らしく声を揃える。しょっぱなの反応としては悪くない。

「むこうにも『トランプ』という言葉はあります。でも、その言葉が意味するのは

『切り札』なんです。『切り札』の意味は分かりますね」

三人は頷く。

「歴史的なことを少し話せば、カードが最初に日本に伝えられたのは江戸時代よりも前だったそうで、その頃は現在の五十二枚のものと違って、四十八枚一組でした。名称はポルトガル語の『カルタ』。……カルタといえば、今では百人一首などの歌カルタや、いろはカルタなどを意味するようになっていますが、これは言葉の転用といっていい。もともとの南蛮カルタは、江戸時代にうんすんカルタ、めくりカルタ、カブ札、さらに花札へと作り変えられていったんですよ。

花札は日本独特のものだと一般には信じられているようですが、おおもとを辿れば西洋のカードの歴史へ繋がってしまうんです。これはちょっと意外だったでしょう？花札も四十八枚ですよね。十二の月をふりあて、それぞれにちなんだ花をあしらったのは確かに優れた換骨奪胎《かんこつだったい》で、こんなところにも改良の才に秀でた国民性が出ているような気がしますね」

言われて、成程と感心してしまう。歯切れのよい天野の説明に三人は耳を傾けた。

「英語の『カード』や、僕たち医者につきものの言葉でドイツ語の『カルテ』、そして日本に伝わったポルトガル語やスペイン語の『カルタ』は、みんな紙葉《しよう》を意味する古代ギリシャ語の『カルテー』から来ているそうです。……智久君も知っているかどうか、イギリス史上有名な『マグナ・カルタ』の『カルタ』も、同じ意味のラテン語なんですよ。……もうひとつちなみに言えば、『オイチョカブ』という言葉も日本語じゃなくて、『オイチョ』は八、『カブ』は九という意味のスペイン語なんです。鎖国の時代を過ぎて、明治の初期には現在の形のカードが伝えられました。この頃にはすっかりカルタという言葉は日本に溶けこんでしまっていて、逆にカードは《西洋カルタ》として受け止められたんですね。けれどもその頃にはまだ一般的な遊びにはならなかった。急に人気が出はじめたのは明治二十年頃。つまり欧化政策の盛んだった鹿鳴館時代なんです」

天野は続けて、

「もともと切り札の意味のトランプという言葉がカード自体の名称として取り違えられたのは、どうもこの頃らしいんですね。いったん定着した間違いはなかなかもとに戻せないらしく、この状態は頑迷に現在にまで至ってるんです。……もう今さら使い慣れた名称を変更するのは無理でしょうが、それでは世界に通用しないのは確かだし、いちおうこれからは『カード』という言葉に統一し、『トランプ』という言葉は切り札の意味として使いますから悪《あ》しからず。その他の言葉はこの実録小説につけた用語表を参照してください」

そう言って天野はテーブルの上の原稿の束を指し示した。

「分かりました。先生」

元気よく答えたのは智久で、束の末尾近くに添えられた用語表を早速手に取る。

心理的な軌跡を追って推理するための天野の苦心の実録小説は原稿用紙にして二百枚近くあった。用語表というのはプリントされた二部の小冊子で、一方が『カード・ゲーム用語表』、もう一方が『コントラクト・ブリッジ用語表』と題されている。

全体の表題こそないが、小説は細かく章分けされ、それぞれに変わった小見出しがつけられていた。しかもそこにふりあてられた番号はカードにちなんでAからK。そして最後がジョーカーになっているところなど、天野の遊び心を感じさせる。

「この用語表は僕たちが作ったんです。ここにいる三人のように新たにブリッジを覚えようとする人たちのためにね。……もっとも、ほとんどは死んだ沢村詠子さんの筆によるもので、僕らは単なる監修者だったわけですが……」

「けっこう厖大《ぼうだい》な量だねえ。ぞっとするよ」

恐れをなしたように須堂が呟いたが、

「いや、大丈夫だよ。『カード・ゲーム用語表』のほうは一度読めば充分覚えられる。『ブリッジ用語表』のほうは少し骨かも知れないけど」

そう太鼓判を捺《お》して、

「さて、海外と日本のカード事情の違いをもう少し説明しておかなければなりません。……最も基本的な問題は、日本においてはカード・ゲームは子供の遊びだと見なす風潮がつきまとっている点ですね。もっとはっきり言えば、お正月に家族が炬燵《こたつ》を囲んで遊ぶもの、という観念です。これが何に由来するのかといえば、とりもなおさず、日本におけるカード・ゲーム文化が海外に較べて大幅に遅れているからにほかなりません。カード文化から見れば日本は発展途上国なんです。

日本人なら誰でも知ってる『ババ抜き』『七並べ』、そして『神経衰弱』『ダウト』『ページ・ワン』『うすのろ』などは、海外のゲーム解説書には幼児の遊戯の項に押しこめられているものだし、もう少し高級な『セブン・ブリッジ』『ナポレオン』『ツー・テン・ジャック』『大貧民』などは、いずれも海外では通用しない日本独自のゲームなんです。一般に、海外から輸入されたゲームはすぐにルールが変更され、幼児向けのレベルにあわされてしまうんですね。

カード文化の遅れを示すいい例が、誰でもその名は知っている『ポーカー』です。ワン・ペアからロイヤル・ストレート・フラッシュまで、その役の形やランクの上下は割合常識にまでなってますが、それだけではほとんど皮相しか見ていないことになります。つまり、正しい賭けの手順や正しいプレイの進行を踏まえていなければ、このゲームの場合、丁半賭博のように単なるツキだけで勝敗が決まる、極めて妙味に乏しいゲームになってしまうんです。しかるに実際、プレイの進め方は驚くほど知られていない。ほとんど我流の誤った賭け方で遊ばれている。そしてその結果、ポーカーはツキのゲームだという公式がまかり通る。何とも残念なことですね。この遅れを取り戻すためには、とにかくいろいろなゲームをやってみなければ話にならない。そしてその場合、やはり世界共通の正式な方法に従うのが望ましいでしょう。そのためには、何が日本独特の風習であるかをきちんと押さえておかなければなりません。例えばこのスーツ」

天野は手に持ったデックのなかから一枚のカードを抜き出した。

「これはクラブですね。日本では『三つ葉』とか『クローバー』とか称ばれたりしますが、なるべく『クラブ』と称ぶようにしましょう。また、Aは『いち』でなく『エース』、Kは『じゅうさん』でなく『キング』、Q・Jも同様に『クイーン』『ジャック』と称びます。それから日本では時計回りにゲームを進めるのを『泥棒回り』と称んで嫌う向きもありますが、世界共通はこの時計回りですから、これに従います。

日本ではスペードのエースを『オールマイティ』と称んで、特別な役札として扱う場合が多いですが、これは日本だけの風習だということを憶えておいてください。また、日本ではジョーカーを使うゲームが多いのですが、海外のゲームではジョーカーを使用するものは意外に少ないということも頭に入れておいていいでしょう。コントラクト・ブリッジももちろんジョーカーは使いません」

「聞いてると意外なことばかりだわ」

典子は首を振りながら言って、

「でも、いろんな高級なカード・ゲームのなかでもコントラクト・ブリッジは最高級と言われてるんでしょう。さぞ複雑なんでしょうね。覚えられるかしら」

「いや、コントラクト・ブリッジは基本的なルール自体は驚くほど簡単なんですよ。だからゲームそのものはすぐにでも覚えられます。複雑なのはゲームの前に行なわれるせりで使う約束事なんです。……なぜそんなものが必要かというと、せりのときには、ワン・クラブとかスリー・スペーズとか、決まった言葉しか使えない。しかしコントラクト・ブリッジはパートナーと協力して敵と戦うゲームですから、味方どうしでは互いに相手のハンドの状態を知っておいたほうが有利なわけです。でもルールではもちろん、自分の手がどうなってるかを口に出して相手に教えてはいけないことになっています。こっそりサインを送るのもイカサマですから反則です。

この場合、せりに使われる決まった言葉で、同時に自分のハンドの状態も示すことができれば都合がいいでしょう。こういう考え方で組み立てられたのがせりの言葉の約束事、すなわち《ビッドの体系》なんです。公認された体系はいくつもあって、僕らはそのうち最も一般的な《標準《スタンダード》システム》というのを使います。標準システムの表はこの『ブリッジ用語表』のなかについていますから、見てください」

天野に示されるまま、三人はそれを眺めてウーンと唸った。

「まるで暗号表みたいだ」

智久の言葉に頷いて、

「そう。いわば暗号なんです。ただし、これは味方だけでなく、敵方にも意味の分かる暗号なんですね。……もちろんこの表を一度に全部憶えるのは無理でしょう。繰り返しゲームを重ねるうち、次第にこのシステムを支えている理念がつかめてきますから、そうなると自然に頭にはいってきます。最初はいちいち表を見ながら……。それでいいんです」

「面白いな。基本的なルールは簡単で、そこから導かれた二次的な概念がワン・クッションになるところは囲碁とそっくりだよ。……そういえば中国では国家が子供たちに、頭の働きを高めるゲームとして囲碁・象棋《シャンチー》・チェス・ブリッジの四つを学校で教えてるんだって。そのうち中国はゲーム王国になるよ」

「へえ、さすがに智久君は詳しいな。僕もそんなことは知らなかった」

天野はにっこり笑って、

「では、そろそろ実際にやってみましょう。……その前にもうひと言。カードはプラスチックでなく、弾力性のある紙製のカードを使うようにします。一般に国産のものは紙質が悪いので実用には向きません。特にアメリカ製がよく、僕の持ってきた『バイスクル』や『ビー』なら安心です。ブリッジ・サイズとポーカー・サイズの二種類がありますが、もちろんブリッジ・サイズを使います。そして必ず背模様が赤のものと青のものと、二組揃えてください。一回ごとのゲームでこの二組を交互に使用します。一組のカードを配っているあいだにもう一組のカードをシャッフルしておけば、次の回にすぐ配れてゲームの進行が滑らかになります。また一回ごとにカードを休めることによって、その寿命が随分違いますから」

天野は手に持ったデックをテーブルの上にリボン・スプレッドした。

「さあ、好きなところから一枚引いて」

智久、典子、須堂が順に♦J、♥2、♥4を引く。天野が最後に♠9。

「高いカードどうし、低いカードどうしがパートナーを組みます。僕と智久君。信ちゃんと典子さん。最初のディーラーはハイエストのジャックを引いた智久君」

「うへえ。こりゃ駄目だよ」

そう声をあげたのは須堂だった。

「あら。どういうこと。それ、私の台詞よ」

「まあまあ。勝敗はともかく、まずゲームを覚えるためだから」

天野はそちらを宥《なだ》めておいて、

「じゃ、シャッフルしてください。シャッフルも正式なやり方があるんですが、まあ最初は普通の方法でいいでしょう。……はい。終わったら智久君はそれを右隣りの信ちゃんにカットしてもらって……。そして五十二枚を四人に十三枚ずつ全部配ります。そうそう。……このあいだにディーラーの対面《トイメン》の僕がもう一組のカードをシャッフルし、次の回のディーラーである典子さんの左側あたりに置いておきますよ。……こうです。これを一回のプレイごとに繰り返します」

「ナルホド」

須堂は首を仰反《のけぞ》らせて感心する。

「配り終えたら、ビッド、つまりせりが行なわれますが、とりあえずそれは置いといて……」

天野はゲームの解説を分かりやすく続けた。最初は四人のハンドを全部開かせて、トリックの説明。トリックという言葉にミステリ・マニアの典子は眼を輝かせたが、それが純然たるゲーム用語だと分かって、彼女は頭を掻いた。

「トリックの綴り《スペル》は一般に使うトリックと違うのかしら」

「同じですよ。trick です」

「どうしてそんな意味の言葉として使われるようになったのかしら」

「さあ、そこまではちょっと……。じゃ、もう一度、典子さんがディーラーでやってみましょう。場のカードは信ちゃんが集めてシャッフルする。……そうそう」

須堂は心もとない手つきでカードを手に取り、智久にカットさせてからディールする。典子は先程天野がシャッフルしておいたデックを手に取り、カードを切りまぜはじめる。典子は先程天野がシャッフルしておいたデックを手に取り、智久にカットさせてからディールする。もう一度ハンドを開かせて、プレイの説明。

さらに天野がディールして、今度は開かずにプレイの練習。

「うん。なかなか皆さん、呑みこみがいいですよ。みんな頭がいいのかな。……僕が覚えたときはこうはいかなかったと思うんですが」

「天野先生の教え方が巧《うま》いんでしょう」

典子に言われて天野は相好《そうごう》を崩し、

「じゃ、次はビッドの説明。信ちゃんがディーラー」

「ほいきた」

須堂はデックを天野の前に突き出す。天野はそのトップを人差し指でポンと軽く叩いた。

「な、何のこっちゃ、それ」

「あ。ごめんごめん。つい、いつもの癖で」

天野は須堂の反応をおかしそうに笑って、

「カットするように差し出されたデックのいちばん上をこう叩くのは、そのまま配っていいという合図なんだ」

「それを早く言ってくれなくちゃ。面喰らうじゃない」

そしてビッドの説明もあらかたすみ、いよいよ実戦にはいることになった。再び智久のディーラーから、1ラバーをひと通り。

驚くべきは智久のゲーム勘の鋭さだった。三十分ほどの解説で、既にブリッジの要《よう》諦《てい》をしっかり捉えている。回数を重ねて慣れさえすれば、たちまち初級のレベルを抜けてしまうだろう。

「そういえば、智久君はもう院生になったんだね。連戦連勝、負け知らずだって。……さすがに天才は違うねえ。一ヵ月もしないうちに僕なんかより巧くなるのは間違いないよ」

結果、天野＝智久組が大勝したあとで、天野は感服したように呟いた。

♠2　影の暗さに歩調を

「どうもなかなか変わった小説だねえ」

天野が帰ったあとで三人は首を並べるようにして読み、最後の一枚をめくり終えると、まず須堂が首をひねった。

「何度か先生が出てくるのが異様ね」

「何だい、異様って」

「あら、失礼。とても魅力的に書かれてますわ」

典子はそう言ってケラケラと笑う。

「でも、変わってるのは確かだよ」と、智久。

「そうね。何だか事件の本質とはあまり関係ないことがいろいろ押しこまれてるようで……。小説を書き慣れていない人が書くとこうなっちゃうのかしら。最後の章なんて面白いじゃない。著者の過去の回想が出てくるミステリって、ちょっとお目にかかったことがないわ」

「トランプに絡ませた、天野さんのお遊びでしょ。それにしても、およそ事件とは関係ないものね」

「だいたい小説家の処女作ってこうなるらしいわ。あるだけのものをぶちこんでしまおうという傾向にね。……慣れてくると小出しにして使おうとする。狡《ずる》くなるのよね」

「須堂さんが何か秘密を持ってるようなことまで仄《ほの》めかしてあるじゃない」

智久の言葉に須堂はギョッと眉毛をつりあげた。

「なあに、須堂さん、秘密って」

「え……そ、そんなもの、ないよ」

慌てて智久の鼻先で手を振る。

「ほおら、怪しいんだよなあ。秘密主義者だから」

「それこそ事件には何の関係もないじゃない。肝腎の謎を解かなくちゃ」

「じゃ、深くは詮索しないでおきますか」

智久は典子と顔を見あわせ、笑いを嚙み殺した。

「はてさて、謎を解くと簡単に言っても、これはあまりにも難しい。状況はこの上なく不可解だものね」

「待って。そうでもないかも知れないわ」

智久の前置きでピンとくるものがあったのか、典子は開いた掌をヒラヒラさせて、

「ミステリとしては上等のトリックとは到底いえないけど、これは実際の事件だもの。そんなこと言っちゃいられないわ」

「というと」

須堂は首を突き出した。

「端的に言えば、その遊戯室に抜け穴があればいいわけでしょ」

「へえ？」

勢いあまって、須堂はがっくりと肩を落とす。

「そんな子供騙しが……」

「あら。そんなこと仰言《おつしや》いますけど、子供騙しの手品に騙されるのは往々にして子供より大人なのよ。巧妙に作られた抜け穴なら、よほど綿密に調べないと発見することはできないわ。まして今度の場合、警察の手で検証されたわけでもなく、トリックに

関してはまるで素人と言っていい天野さんたちが表面的に調べただけなんでしょうから……」

「すると……。詠子という人が消えたのは園倉という男の仕業なんだね」

「あら、先生。察しがいいわ。……園倉が共犯者を使って詠子を連れ去ったのか。それとも抜け穴の存在を彼女に教えて、そこから抜け出るように仕向けたのか。そこのところは分からないけど、とにかく園倉は建物の所有者ですもの。多分、建物を買い取ったあと、修理のときに抜け穴を拵《こしら》えさせたんじゃないかしら」

「それがあたってるとしたら、事件はずいぶん簡単になるよ」

そう呟いて、須堂はしばらく上目遣いで考え、

「いや、すべて解決かな。薬缶をかけたのも詠子さんを連れ出したのも園倉氏の共犯者だとする。……もちろん園倉氏は自分の住んでいる洋館と瓜二つの建物があることも知っていた。詠子さんをそこで殺害したのは園倉氏本人でもいい。……待てよ。その廃屋のほうも密室になってたんだっけ。あちらにも抜け穴があったのかな」

「問題はそこね。瓜二つの建物なんだから、両方とも同じ抜け穴があったとしても不思議はないけど、廃屋のほうはいちおう警察の手で調べられてるもの……。いくら秘密の出入口といったって、警察が見逃すことがあると思う？　ミステリだと、よくと

んでもない手ぬかりをやるふうに書かれてるけど、相手は腐ってもプロよ」

「じゃあ、どう考えるの」

須堂は典子の顔を覗きこむ。

「私、何でも出てくる打出の小槌じゃないわ。実際にその部屋も見たことないのに……」

「いやいや。典子君はミステリの生き字引きだからね」

「そう言われると張りきらざるを得ないわね」

典子は頭を抱えこんだ。

「……手っ取り早く考えれば、やっぱり自殺だということにしちゃえばいいんじゃない。別に、無理に他殺と考えなきゃならないことはないんだから……」

「自殺ゥ――？　そりゃそう考えれば話は単純だけど、逆に園倉邸での蒸発事件との繋がりが分からなくなるよ」

「そうかしら。……まあ薬缶をかける役目の人物は必要としても、その人物と園倉と詠子の三人が打ち合わせしてて、その目的が彼女の自殺を助けることだったとしたら？　あるいは園倉家での消失と廃屋での自殺とが全く別個の次元のものだとすればいいわけでしょ」

「でも、やっぱり妙ちきりんだよ。自殺することを園倉氏が知ってたにしろ知らなかったにしろ、どうしてあんな消失事件を演出しなければならなかったの」

須堂はそう喰いさがった。

窓の外には既に華やいだ薄闇が押しひろがっている。木立ちに較べ、空だけが生々しく明るい。

『いつも逢魔《おうま》ヶ刻《どき》』――須堂はふとその言葉を思い出した。

それに呼応するかのように典子は部屋の照明をつける。椅子に腰かけるとき、ノースリーブのブラウスの広くあいた襟元から胸の谷間が覗けて、須堂は思わず眼をそらした。

「でも、それは他殺だと考えても同じことじゃないかしら。園倉が共犯者を使って詠子を殺したにせよ、どうしてその前にあんな状況を演出したかはやっぱり謎でしょ」

「そう。……そうだね」

多少、慌てた声。

それまでじっと二人の会話に耳を傾けていた智久が急に口を開いた。

「とにかく事件の底の心理的な部分を解明しなくちゃ話にならないよ。この事件の場合、いちばん不可解なのはそこでしょ」

「確かにね。……でも、それは可能かどうか分からないわよ。この小説だって、実際の出来事のほんのわずかな断面でしかないわけでしょ。そんななかから裏に隠された人びとの心理や行為をどれだけ引き出せるものか……。その絡みあいやすれ違いの全部を明らかにできたとしたら、天才というより超能力者だわ」

しかし智久は奇妙に自信ありげな表情で、

「そうかな」

「智久！　あんた、何をつかんだの」

典子はびっくりするほどの勢いで弟の胸もとに指を突き立てた。

「まだちょっとしたことだけだよ。……でも何となく、もっと捜せばいろいろ出てくるような気がするんだ。だからあながち不可能とは言いきれない予感もするんだな」

「ちょっと。何よ、何よ、それ」

「へへへ……」

智久は照れたように笑って、

「僕の得意技さ。……いや、その前にヒントを出すよ。小説の巻頭に四つの俳句が出てくるでしょ。

　あふさわに蔦《つた》ぞかなしみ濁酒《ラキ》のむ女《こ》
　長月に逢ふ女《こ》の水曲《みわた》採《さ》蘇羅《そら》染む
　秣場《まぐさば》に百舌《もず》鳴きつ秘史彫《ゑ》る手《て》逸《そ》れ
　月守《も》るに眩《まく》れて師走さな酔《ゑ》ひそ

こうだったよね。……並べてみて、何か気づくこと、ない？」

　須堂と典子の顔を代わるがわる覗きこむ。そのそぶりはいかにも小憎らしく、典子はしばらく首をひねったあとで、智久の額を指でぐいと押しやった。

「じらさないで教えるの！」

「ダメだなあ、姉さんは」

　そう言って急に表情を変えると、

「でもやっぱり普通の人には無理なのかな。……これ、アナグラムなんだよ。文字の入れ換え」

「え？」

　二人はそう聞いてもまだピンとこないらしく、俳句の上にぼんやり視線を注いでいる。

「こう言っても分からないんだから、到底気がつくはずがないんだよね。最初の俳句と二番目の俳句は使われている文字はいっしょで、その順序だけが違うんだ。三番目と四番目もそうだよ。つまり、これは二組のアナグラム俳句なのさ」

智久が説明すると、須堂はバリバリと短い髪を掻きまわして、

「無理無理、絶対無理だよ。……なるほどねえ。確かにトムの得意技だ。普通の頭脳構造しか持たない者にはそんなこと、とてもじゃないが気づかないよ」

「ま、あまりたいした発見じゃないけどね。でも、これで詠子って人の人物像に何となく新しい材料が加わったじゃない。パズル的な才能も相当のものがあったようだよ」

「……ふうん。パズルかあ……」

須堂はぴしゃりと自分の頰を叩いて、

「ほかにも何か気づいてることがあるの」

しかし智久は最高の切り札を手にしたプレーヤーのように微妙な表情を口もとに漂わせながら、

「ううん。まだはっきりしたものじゃない。でも何となくもやもやとね。もっと深く考えてみないと……」

「まだ発表できる段階ではないっていうのね」と、典子。

「そういうこと」

空の色も次第に地上の影の暗さに歩調をあわせはじめている。外界が光を失えば、それだけ部屋を充たす明かりは膨れあがっていくはずだろう。けれども典子は、かえって光を閉じこめ、押し潰してしまおうとする闇の圧力を意識していた。

最初に少なからず批判めいたことを言ったが、典子は天野の書いたこの小説を決して評価しないわけではなかった。確かに事件をありのまま提供する目的とはちぐはぐな部分の目立つ書き方ではあったが、本当のところを言えば、一人の人間の眼に映る現実とはこういうかたちをとるのではないか。

「僕はここのところ忙しくて、あまり推理に力を注ぐことができないかも知れない……」

須堂がぽつりと呟いた。

実際、典子の眼にもそれは気の毒なほどで、最近は睡眠時間もろくに取れない状況らしい。研究室に留まる時間も少なく、助手の典子と顔をあわせずに終わる日もしばしばだった。

その所以《ゆえん》は典子にもよくは分からなかった。須堂の抱える研究テーマのいくつかがここに来て急に大きな山場にさしかかったのは明らかだが、それがこれほど一時期に集中した裏には何かの作用が働きかけているとしか思えない。

「——もっとも推理に力を傾けたところで、僕が謎の解決を引き出せるとは思えないけどね。天野もそういったところは独りよがりなんだ。あまり人を過大評価しちゃ有難迷惑だよ。……とにかくそういうわけで、僕のノルマを押しつけちゃ悪いんだけど、何とかこの謎を二人の力で解いてやってほしいんだ。お願いするよ」

「天野さんのためだからね。何とか頑張ってみるよ」

智久の言葉に典子も頷く。

「有難う。二人がその気になってくれれば僕も安心だよ」

いつもに似あわず、須堂は神妙な顔で深く頭をさげた。

それをしおに須堂は暇乞《いとまご》いをする。二人は二階のベランダから彼を見送った。闇に溶けこむ須堂の後ろ姿はひどく淡々しく眼に映った。

闇は光を閉じこめようとする。揺らめくように夜に呑みこまれた須堂の姿を眼で追いながら、典子はふと得体の知れない奇妙な惑乱を感じていた。

♠3　対応が最初から

「智久。『ベネット家殺人事件』って知ってる？」

「知らないよ。新しいミステリ？」

「違うの。実際にあった事件なのよ。一九二九年、アメリカのカンザスシティーで起こったブリッジにまつわる殺人」

「へえ。どういうの」

「ベネット夫妻は大のブリッジ愛好家で、よく近所のホフマン夫妻とゲームを戦わせていたそうよ。その日も例によってベネット家でテーブルを囲んでいた。ところがそのうちベネット夫妻のあいだで、一回のプレイごとの感想戦がどんどん感情的になっていったの。……そしてある回にベネット氏が4♠のコントラクトを1ダウンしてしまったとき、激しい口論の末、ベネット夫人はピストルを持ち出して夫を射殺してしまったのよ」

「へええ、ほんと」

「それも、夫が浴室に逃げこんだのをドアごしに二発」

「くわばらくわばら、だね」

「ところがその裁判で、夫人は無罪になったんですって」

「……どうして」

「きっと陪審員はいいパートナーに巡り会えないブリッジ狂揃いだったんじゃない？　これはブリッジ史のなかでもかなり有名なエピソードらしいわ」

書棚を点検しながら二人はそんな会話を交していた。

『トランプ』

『トランプのたのしみ』

『トランプとタロット』

『図解　トランプ入門』

『トランプ・マジック』

『奇術種あかし』

『トランプものがたり』

『図解　ポーカー入門』

『ブリッジの遊び方』

『楽しいブリッジ』

『世界のカードゲーム』

『コントラクト・ブリッジのわかる本』

『コントラクトブリッジのすべて』

『ゲームの知的必勝法』

等、等……。なかには『いろはかるた』などの書名もまじっている。

「姉さんに射ち殺されたりしないよう、勉強しなくっちゃね」

「でも、ブリッジの本だけでもいくつかあるわね」

「天野さんの話では、最近多くなってきたそうだよ。全部買いたいけど、そういうわけにはいかないなあ……」

智久は一冊ずつ手に取って調べる。

内容は様ざまだった。ゲームの解説。カードの歴史。写真集。全くの入門書から、かなり高級な水準のもの。そしてなかには未だブリッジの項目でセブン・ブリッジの説明がなされているものさえある。

目次を眺め、またその内容を流し読みしていくにつれ、改めてプレイング・カードの占める特殊な地位が納得される。囲碁、将棋、チェス、チェッカー、麻雀、連珠、バックギャモン、ドミノ、ダイヤモンド・ゲーム、オセロ、マスター・マインド、モノポリー、スクラブル、ソクラテス、中国象棋、ルドー、マンカラ、グルードー、多くのシミュレーション・ゲーム。いずれのゲームにおいても、その用具で行なわれる遊びの種類は様ざまな変種を含めてもその数はたかが知れている。ところがプレイング・カードの場合、その数は厖大なものになるだろう。

言い換えればこうだ。他のゲーム用具は、それを使用して遊ぶゲームの内容とほぼ一対一の対応がある。しかしカードには事実上、その対応が最初から存在しないのだ。カードの原型が発生した時点ではその対応が存在したかも知れないが、すぐに消えてしまったに違いない。

幅広い種類の遊戯法を許容するこの性格を仮に《一般性》と称んでいいだろうか。その点からすれば、カードはまさに他者を大きく引き離してトップに位置するだろう。

そんなことを考えながら智久は点検を終わる。そして最初から眼をつけていた『コントラクトブリッジのすべて』という分厚い本を手に取った。

少々値は張るが、仕方ない。――智久は書店のレジに向かった。

♠4　門をくぐるとき

その後天野に確かめたところ、典子の指摘は簡単に否定された。壁は漆喰、床は板張り、物置は特に注意して調べたそうで、いくら素人とはいえ、秘密の出入口などあるはずがないというのだ。

典子と智久は顔を見あわせた。

「どうも本格的になってきたわね」

「だいたい姉さんは甘く見すぎてるよ。……困ったな。また囲碁の勉強がおろそかになっちゃう」

智久は顰《しか》めっ面で頭を掻いた。

「そんなこと言って、いちばんブリッジに熱心なのはあんたじゃない」

「それを言われると痛いなあ」

最近智久は日本棋院の院生仲間にブリッジをひろめていた。もともと遊びに対して貪欲な彼らはすぐにこの興味深いゲームにとびつき、今ではちょっとしたブームになろうとしている。このことが院生の指導役の棋士に知れれば、智久はお目玉を喰らうことになるかも知れないのだ。

「だって、面白いんだもの」

「知らないわよ。ほかの人が碁よりブリッジに夢中になっちゃうようなことになれば、その損失の責任をどう取るの」

「まさか、そんなことはないさ」

智久は笑って手を振った。

「ともかく密室の謎を解かなくっちゃ」

「私が天野さんに教えて、この小説にも書かれている、トリックの分類っていうのがあるでしょ。可能性があるのは天野さんの言う通り、

（一）　ドアを機械仕掛けで密室にする。

（二）　ドアの背後などに隠れて、密室が開かれたのちに脱出する。

（三）　実は密室でない部屋を密室に見せかける。

この三つだと思うわ。秘密の抜け穴という考え方はこの（三）に含まれるものだけど、それはあり得ないということね。……ほかにどんな場合が考えられるかしら」

「(二) はほとんど排除していいんじゃない。殺人ならともかく、消失でこのトリックを使うのは無理だよ」

「そうすると (一) と (三) が残るわ。(三) についていえば、抜け穴でないとすれば、どういうことかしら。ノブに取りつけられた押しボタン式のロックなら話は簡単なのにねえ……。それでなくてもとにかくノブに連動したロックなら、何らかの方法でそのノブが回転しないような仕掛けを施しておけば、ロックがかかっていないのにかけられているような錯覚を起こさせることができるわ。でも今度の場合、ロックはノブと別に取りつけられたスライド式のものだというし……」

「つまり、(三) もあり得ないかな」

「残るは (一) ね。機械仕掛けといっても二種類あるわ。まず、ドアの外から操作するもの。そしてドアの内側で自動的に作用するメカニズム……」

「つまり、遠隔操作と自動装置だね」

典子の部屋の青い絨毯《じゅうたん》に智久はごろりと横になった。十三歳の誕生日を迎えてほどないというのに、少年の言葉はひどく大人びている。

「ドアの外側というと、通常――いいえ、古典的な方法はドアの隙間から紐を使うものだけど、今度の場合、隙間も存在しないというし……」

「ドアの隙間でなくってもさ、部屋のどこかに小さな穴があればいいんじゃない。通風孔。排水孔。……電気のコンセントの穴。それにガス管とか。……とにかく何でもいいから小さな穴」

「可能性としては大ね。もっとも天野さんの話によれば、ガス管と排水孔はないそうよ。通風孔はあるけど、すぐその裏に別の部屋や廊下があるわけじゃないから、もしそこから操作したとすれば、そんなことができるのは家の持ち主の園倉だけね」

「……それから、一度姉さんに聞いたことのある『ユダの窓』方式」

「それは天野さんに確かめるよう助言しておいたけど、不可能だそうよ。ドアは頑丈な一枚板だし、時間的な問題から見ても」

「紐以外の方法はどうかな」

典子は首を傾げて、

「ミステリでは錠をまわしたり掛け金をかけたりするのに強力な磁石を使用するトリックなども書かれてるけど、実際上、ほとんど無理ね。磁力では弱すぎるわ。ラジコンでなかの機械を操作するのでは自動装置と変わらないし、ほかに遠隔的な力って考えられる？」

「磁力がダメ。電波も除外。遠隔的に重力を操作するなんていえばＳＦになっちゃうし……」

「念力なんて、オカルトもダメよ」

「スプーン曲げの要領で？　あっはっは……」

智久は半ズボンからのびた脚をピシャピシャと叩いて、

「音。超音波。……熱。光。X線。放射能。……どんどんSF的になるけど、やっぱりダメみたい」

「自動装置のほうを考えてみましょう。……これがいちばん可能性として大きいようだわ」

「小説には、部屋のなかに自動装置として利用できそうなものは全くないように書かれてあったよ」

「クーラーはどう？　使えそうよ」

「あッ、なるほど」

智久はぽんと体を起こした。

「クーラーのなかにはモーターがあるものね。さッすが、姉さん」

「ようやく核心に触れてきた感じね」

ベッドに腰かけた典子はショート・パンツからのびた脚を大きく組み換え、

「例えばモーターの回転軸に糸を巻き取るためのリールを取りつける。その糸の端はもちろんロックに繋がれてるわけ。クーラーを作動させて部屋の外に出れば、自動的に糸が張りつめ、ロックの金具が差しこまれる。……なおも糸が引っぱられるとロックからほどけるようにしておけば、そのまま糸はクーラーのなかに消えてしまうわ。かくして密室が出現する」

「うん。いいよ、姉さん！」

智久はパチンと指を鳴らした。

「じゃ、こういうことも言えるね。そのトリックを仕掛けたのが詠子一人の意志だとしたら、クーラーのなかにはそのメカニズムがまだ残ってるはずだ。……そしてそれが園倉の意志だとすれば、その仕掛けは既に取りはずされているだろう……」

「そうだわ。もう一度天野さんに確かめてもらわなくっちゃ」

二人は早速天野の自宅に電話を入れた。しかし何回鳴らしても受話器が取られる様子はない。

「まだ病院かしら。ずいぶん遅いのね」

「そっちにかけてみようよ」

天野の勤務する杉並のＰ＊精神病院の番号をまわす。受付を通さない直通電話だ。

電話に出たのは女の声だった。

「天野先生、いらっしゃいますか」

「只今天野は急用で席をはずしておりますが――」

「そうですか」

「失礼ですが、どちら様でしょうか」

「牧場と申しますが……」

そう答えたとき、事務的な口調が急に変わった。

「あ。典子さんですね。天野先生からお話は伺ってます」

天野と親しい看護婦なのだろう。

「天野先生、忙しくて駄目なんです。受け持ちの患者さんが自殺なさったので……」

「え!?」

典子の脳裡に驚きと同時に奇妙な予感が走った。

「もしかしてその患者さん、猿が肩に乗っているという――」

「まあ！」

電話の相手は逆に虚を突かれたようだ。

「どうしてご存じなんですか。……つい一時間ほど前なんですよ。もう大騒ぎで……」

「亡くなったんですか」

「ええ。シーツを裂いて首を括《くく》って」

典子は天野の言葉を思い出した。

ずいぶん前のことだった。典子は天野に精神科の仕事も面白そうだと言ったことがある。そのとき天野は複雑な表情で答えた。

「そうですか。……僕は正直言って、仕事を終えて病院の門をくぐるとき、ホッとするんですよ。肩から重い荷がおりるような……」

典子はその言葉を今になって初めて納得できたような気がした。そして同時に、自殺した患者の想いが胸に迫る。

猿に復讐すると言い、死の哲学を展開してみせた彼は、その意志に忠実に試みの切岸《きりぎし》を駆けおりていったに違いない。すべての関係を永遠に保留にするために——。そしてその先には何があるのだろう。

饒舌な沈黙を呑みこんだ果てに、彼はいったい何を見たのだろうか。

♠5　一方で密約を

智久の手には♠KQ♦Aがある。

智久はディフェンダー。右隣りがデクレアラーで、左隣りがダミー。ダミーの手は♠AJ♦K。

3NT《ノートランプ》のコントラクトで、智久たちは4トリック取っている。あと一回勝てばい い。ダイヤモンドのAで勝つか、スペードのキングで勝つか。智久は息を呑んだ。

しかし、デクレアラーからのリードは♣2。智久は、しまったと思った。

クラブはエスタブリッシュしているのだ。智久は何かを捨てなければいけない。♠Qを出せばダミーは♦Kをディスカードし、残りの♠AJで取られてしまうし、♦Aを出せばダミーは♠Jをディスカードして、残りの♠A♦Kで取られてしまう。

負けだ。智久は少し迷って♠Qを捨てる。デクレアラーは間違えず♦Kを指定。あとはダミーにエントリーを入れ、ばたばたと勝負が決まった。

「こういうの、スクイーズって言ったっけ。うまく決まったなあ」

デクレアラーだった少年が得意げに胸を張る。

「参ったよ。テクニシャンなんだから」と、智久。

「ふうん？　どういうことなの」

智久のパートナーである少年は今のプレイの意味がよく分かっていない様子だった。

四人とも智久と同じ院生仲間だった。院生というのは入段前のプロ棋士の卵である。智久の部屋に集まったのは十三歳から十七歳までのいずれも将来を嘱望される英才四人組だった。なかでも智久は棋界注目の天才児とあって、実力は群を抜いている。

「ビッドはまだよく分からないけど、プレイのほうはトムにだって負けないぞ」

一人がそう言って、次の回のディールをはじめる。

「今お姉さんはいないの？」

一人が智久に訊く。

「仕事だからね」

するとすかさず別の一人が、

「あっ、知ってる？　こいつ、トムの姉さんが好きなんだよ」

「バカ。そんなこと、バラすなよ」

「へえ、ほんと」

「トムの姉さん、きれいだもんね」

「きれい？　あれが」

智久は口を曲げる。

「デヘヘ。ボク、好きなんだよなあ。ああいうタイプ」

「ふうむ、こりゃ意外だ。実態を知らないからなあ」

「へえ。実態って、どうなの」

「興味あるある。教えてよ。女の生態って知らないんだ」

「知らないほうが倖せだよ」

智久は鹿爪《しかつめ》らしくそう言って、

「凄いんだから。最近、プロレスのファンでね。技の研究だって言って無茶苦茶すんだよな。エルボー・ドロップだとか、ブレーン・バスターだとか……」

「ゲッ、プロレス！」

「ボクも好きだよ」

「ほかに、どんな技？」

「絞め技も？」

「もちろん。コブラ・ツイストでしょ。卍固めでしょ。ボー・アンド・アローに、吊り天井。バックブリーカーはシュミット流、カナディアン、アルゼンチン……。それから4の字固め、三角絞め、腕ひしぎ十字に、チキンウイング・フェイスロック……」

「わ。いいな、いいな、トムはいいな。そんなことされて。ああ、ボクも一度、クロック・ヘッドシザーズでいいからかけてほしい」

「オレ、単なる体固めでいいよ」

「ちぇっ、変態じゃない？　それよりビッドをはじめてよ」

「ちょっと待って」

オープナーの少年はビッドの表に眼を移す。彼らのプレイには天野の小説に織りこまれた『コントラクト・ブリッジ用語表』のコピーが大変役に立っていた。

「これ、もっとたくさんコピーしといてくれよ」

「そうだな。いちいちまわし読むの、大変だから」

「さてと。そうだね。ワン・クラ——あっと、待ってくれ」

オープナーはビッドを言いかけて中断した。

「何だよ。やめるの」

「ひでえな。凄い情報だよ」

「いやん。気にしないでね」

もとより正式な試合では到底許されないことだが、初心も初心の仲間うちではこうしたやりとりは茶飯事になる。

「4点だろ、6点だろ、7点、8点、9点……」

「声に出して数えるなよ」

「だって黙って数えるの、ニガ手なんだ」

「無茶苦茶だよ。もう」

「そういえば碁のほうもヨセがニガ手だよ」

「ひでえな。で、結局？」

「うん、パスだ」

「パス」

「じゃ、ボクはワン・クラブ」

「あっ、ずるい。最初にクラブを言いかけてたから」

「はて、何のことですか。私ゃ知りませんぞ。頭がクラクラ、そのクラブ？」

その少年はおかしなことを言ってしらばくれた。

智久はそのとき、奇妙に胸にひっかかるものを感じた。何だろう。頭がクラクラ、そのクラブ？　どこかで似たような言葉を聞いた気がする。

記憶のファイルを急いでめくってみたが、それにあてはまりそうなものはなかなか見つからない。しかもどういうわけか、極めて重要なことだったような気がする。気になりはじめるとどうしようもない。智久は眉をひそめて考えた。

「何考えてるの。トムの番だよ」

「ああ、ごめん。ツー・ハーツ」

「え、ツーにジャンプ!?」

「あ、間違い。まだワンの代でいいんだ。ワン・ハート」

智久は慌てて言いなおす。

「びっくりしたよ。オーバーコールでジャンプなんて」

「凄い間違いだな。早く何かビッドしちゃえばよかった。……ボクはもちろんクラブでレイズと。クラブはクラブでも、スリー・クラブズ」

クラブはクラブでも——。再び智久の耳にその言葉がまつわりついた。何だったのだろう。

「ねえ、この用語表、おかしいね」

突然一人がそんなことを言い出した。

「何が？」

「ほら、この『タッチング・スーツ』のところの解説で、『さん種類の組がある』って書いてあるだろう。どうしてここ、平仮名にしてあるのかな。『三種類』と漢字で書けばいいのに……」

「なあんだ。そんなこと」

「でも、本当だね」

指摘された部分は智久も不審を抱いた箇所だった。流し読んでしまえばどうということもないが、妙だと思えばこれほど妙な書き方はない。

実はこの小説が天野から渡された当日、智久の気づいた瑣細《ささい》な問題点のひとつがこれだった。用語表の記述で気になったのはこの部分だけではない。智久は改めて『さん』という文字を見なおした。

その視線をわずかにずらしてみる。右隣りには『クラブ』の『クラ』という文字があった。

智久の胸が高鳴る。

クラブのクラ。クラクラのクラブ。

さらに右へずらすと、『その』という文字。この部分も智久の気になった箇所だった。

『マイナー・スーツ』の項は『ダイヤモンドとクラブ』と簡潔に書かれてあるが、この『メジャー・スーツ』の項は『四種のスーツでその上位にある、スペードとハート』と、ひどくまわりくどく書かれてある。単に『スペードとハート』だけで充分なのに、なぜ『四種のスーツでその上位にある』などといった言葉がつけ加えてあるのだろうか。

智久は再び右から左へと折り返して読んでみる。『その』『クラ』『さん』……。

不意に追いかけていた記憶が蘇った。それは天野の小説中の一文だ。問題の詠子が消えた夜、プレイにはいる前に園倉が呟いた言葉。「クラブのクラは園倉のクラ」

――そしてここにも『そのクラ』がある。

智久は叫びあげたい衝動を抑えて、視線を左へ移動し続けた。

ーツで**その**上位に
ンドと**クラ**ブ。
ーツ。**さん**種類の

カード**へ、**Aと10
ンド（**これ**は多く
ツの札**がわ**ずかに
かない**かっ**好で、
配られ**たな**かに、
二枚か**ら、**ブリッ
、手に**ひそ**む、中
ど、な**かに**沈んだ
なった**さい、**ある
る破た**んを、**二回
（厳し**くだ**と、あ
なった**さい、**ある

そこで『カードやハンドに関する用語』の章が終わる。同じ要領では、それ以降の文章からは何も見つからない。

園倉さんへ、これが分かったなら、ひそかにサインをください。

暗号である。この用語表を作成したのは詠子だった。そして彼女は園倉に暗号を送っていたのだ。この暗号に気づいたら何か合図をくれ、と。

影のようにぴったり戸川のそばから離れなかったという詠子は、その一方で園倉と何らかの密約を交していたのだ。

「どうしたの、トム。フォー・クラブズだよ」

そうせかされて初めて智久は我に還ったが、そのあとも心は全くゲームの上になかった。

♠6 痕跡はなかった

「それは確かに凄い発見だわ。詠子が戸川に内緒で園倉と秘密の連絡を取っていたなんて。――それも恐らく、この暗号は秘密の連絡の最初のものじゃない？　園倉からサインがあれば、続けていくつも暗号を出そうというつもりで書いたんだと思うわ」

智久の発見を聞かされたあと、典子は何度も首を縦に振りながら、

「考えてみれば、これは送られた園倉本人でないと、ちょっと気のつかない暗号よね。ほかの人では最初の『そのクラ』という部分が眼にとびこんでこないわ。本人だからこそその文字配列がひっかかるわけで、そうするとあとの暗号文はすぐに解ける仕組みになっている……。面白いわ。これで三人の微妙な関係が浮きあがってきたじゃない？　ああ、できればその後に送られた暗号も是非手に入れたいわね」

言いつのる典子を前に、智久はなぜかニヤニヤと笑みを浮かべている。

「何よ。気持ち悪いわね」

「エヘヘ。実は、のちの暗号も分かってるんだ」

「嘘ォ！」

典子は思わず叫んだ。もし本当ならどこまで鋭敏な探偵能力を具えているのか、自分の弟ながら空恐ろしくなってしまう。

「単純なことだよ。第一の暗号が『コントラクト・ブリッジ用語表』にあるなら、第二の暗号は何に記されているか……」

「そうか。『カード・ゲーム用語表』ね！」

「あたり。これを見てよ」

智久は二つの用語表をテーブルの上に並べた。

「こちらの『ブリッジ用語表』が作られたのは去年の九月。で、こちらの『カード・ゲーム用語表』が同じく去年の十二月。……ホラ。解説の部分の二十六字目と二十七字目の文字を見ると、全く同じ要領で、『その』『クラ』『さん』……」

高で、**その**あとに
ンド、**クラ**ブの四
央をはさ**んで**、左
はそこ**へ**、ジョー
使うこ**とが**多い。
つ組合**わさ**れた同
がきち**んと**そろっ
の時は**ペア**という
A・2**を組**ませて
続で並**んだ**十三枚
本語の**時に**はAを
よって**はま**れに、

は裏向けて配られ
しで全くだれにも
には、さい初の山

智久の言葉を待つまでもなく、典子はその文章を素早く読み取った。

園倉さんへ、戸川さんとペアを組んだ時には負けてください。

文意は明らかだ。いつもは戸川＝詠子、園倉＝天野のペアで戦っているが、いつの日か、それを組み換えて詠子＝天野、戸川＝園倉のペアでの対戦が行なわれるようなときがあれば、そのときにはわざと負けてくれという依頼なのだ。

「詠子が消えた夜の対戦は、二人のあいだにこの契約があって行なわれたものなんだ」

ちょっと得意げに智久は言い、そこでもっともらしく指を立てると、

「でも、実際は戸川＝園倉組が勝ってしまった。ねえ、小説を読み返してみると、確かに園倉がわざと負けようとしていた形跡が見られるよ。途中で冒険的なプレイに出

てダウンを喫しているところなんか、いかにも作為的な匂いがする」

「念のためにそのときのゲームの流れを整理してみましょうよ」

結果は次のようになった。Dはデクレアラーの意味である。

1ラバー
1、詠子がD、5◆をメイク、ゲーム
詠子＝天野が勝
2ラバー
詠子＝天野が勝
3ラバー
1、戸川＝園倉がゲーム
2、戸川がD、7♥のスラムをメイク
戸川＝園倉が勝
◉コーヒー・タイム
4ラバー
1、詠子がD、4◆をメイク

?、園倉がD、2ダウン
詠子＝天野が勝
◉天野がトイレ
5ラバー
1、園倉がD、4♠をメイク、ゲーム
2、戸川がD、7♠のスラムをメイク
戸川＝園倉が勝　総得点で逆転

「このあと、例の薬缶が鳴りはじめるわけだよ」

「なるほどねえ。三回目のラバーで運が自分たちのほうに傾きかけたあと、タイミングよくダウンしてるわね。……そういう眼で見ると、園倉の心理の動きが面白いわ。五回目のラバーでちゃんとゲームをメイクさせているのは、わざとダウンした罪悪感が戸川に対してあったからだわ。そして多分、一度くらいゲームを取ったって、もう逆転しないだろうという計算もあったんでしょう。逆転しそうになったらまた無理なビッドやプレイをすればいい。いわば、ここでゲームを取ったのは心理的なアリバイ工作なのよね」

「そうだと思うよ。……ところが実際は戸川がグランド・スラムを達成しちゃって、大逆転が起こってしまった」

智久は原稿のページを戻して、

「ほら。ゲームの前、カードをドローしてパートナーを決めたとき、園倉は『クラブのクラは園倉のクラ』と言ってるでしょ。これは、園倉が『カード・ゲーム用語表』の暗号を解読しており、その依頼を了承したという、詠子に向けての合図だと思うよ。……順番からいえば、詠子はまず『ブリッジ用語表』で暗号の原理を示し、これが分かったら合図をくれと要請した。園倉はすぐにそれを理解して、何らかの合図を返しただろうね。それで安心した詠子はいよいよ『カード・ゲーム用語表』で肝腎の用件を送るんだ。いつか戸川とパートナーを組むようなことがあればわざと負けてくださいい、とね」

「で、園倉はＯＫのサインを送り、ゲームははじまったわけね」

「ところが結果は戸川が頑張ってグランド・スラムを二回も達成し、二人の目論見は全くアテがはずれてしまった……」

「どうして詠子はそんなに勝ちたかったのかしら」

典子の疑問に智久も首を傾げる。

「どうしてだろうね。でも、戸川＝園倉組が逆転した直後に事件が起こっているところを見ると、ひょっとしてこの勝敗の行方が直接事件を招き寄せたのかも知れないよ」

「そんなことってあるかしら」

「ないとは言えないんじゃない？　少なくとも詠子にとってこのゲームで勝つことは極めて重要だったんだから。わざわざ暗号まで使って……」

すると典子は智久のほうに腹這いになって、

「私、いちばん分からないのはそこなのよ」

「何？」

「どうして園倉への通信にわざわざ暗号なんて選んだのかしら。いくら詠子と戸川がいつもぴったりくっついてるからって、こっそり連絡を取る方法なんていくらでもあるはずでしょう。そもそも電話一本ですむことだし、そんな隙さえなかったとしても、紙に用件を書いてそっと手渡せばいいんだから。それとも一挙手一投足まで戸川に監視されていたというのかしら」

「近い状態ではあったんじゃない」

「それにしても……」

智久は足を投げ出して、

「それは多分、性格的なものが大きいと思うよ。パズル的な遊びが好きな人間にとって、暗号での通信を選ぶのは不自然なことじゃないでしょ。……それに」

「それに？」

両肘をつき、鸚鵡《おうむ》返《がえ》しに典子は訊き返す。

「万一のことを考えたんじゃない。園倉が詠子の依頼をみんなにバラしちゃうという……。ね、こういう二段構えの方法なら、最初の通信で受信者がそれをバラさなかった場合、二度目の通信での依頼も了承してくれる可能性が高い。それにバラされたときにもこういった暗号にしておけば、冗談だったという言い訳がきくでしょ」

「あ、なるほど。いつもの遊びなんだと」

典子は弟の頭を撫でて、

「あんた、ホントにエライわねえ」

「とか何とか言って、馬鹿にしてるな」

「全然。……でも、どうしてそれほどまでに勝ちたかったのか……。何か、賭けでもあったのかしら」

典子の呟きに、智久はぴくりと体を起こした。

「そうだ。きっとそれだよ！」

「すると多分、戸川と詠子とのあいだね」

「そうだよ。どんな内容だったかは分からないけど、かなり重い賭けだったんじゃないかな。無論、園倉と天野さんには内緒でね。……天野さんの感じたピリピリした雰囲気はそのせいだったんだ。秘密の賭けをやっていた戸川、詠子。そして負ける依頼を受けた園倉。――三者三様の仮面を被った心理が互いに絡みあい、渦巻いてたわけだよ。《プレイの裏側に》あったのはそのかけひきなんだ」

「ふうん。……けっこういろんなことが明らかになっていくわね」

感心した声で片肘になり、典子は天井を見あげる。

「でもそう考えると、何だか賭けと事件とが分離していくような気もするけど」

「その点はボチボチ考えようよ。……それよりクーラーの内部がどうだったか、天野さんからの報告はあった？」

「あったわ。こっそりパネルをはずして調べたけど、巻き取られた糸なんて残っていなかったって」

智久はそれを聞くと、急に正座に坐《すわ》りなおした。ここぞというところで正座になるのは囲碁の修業からくる習性のようなものだろう。

「じゃ、トリック構成はやっぱり詠子一人によるものではあり得ないよね。詠子にはモーターの仕掛けを取りはずすことはできなかったんだから」

しかし意に反して、典子の反応は冷淡だった。

「喜ばしいことじゃないわ。そのことからはほとんど何も明らかにはならないのよ」

「というと」

智久はびっくりしたように訊き返す。

「よく考えてみれば分かるわ。トリックを仕組んだ人間の組み合わせをすべて並べてみると、こうなるでしょ。

1　園倉
2　戸川
3　詠子
4　園倉と戸川
5　園倉と詠子
6　戸川と詠子
7　園倉と戸川と詠子

このうち、3が除外されるだけで、その他の可能性は何も変わらないのよ。これが逆だったら――クーラーに仕掛けが残ってたとしたら、可能性はほとんど3に絞られたのに」

「そうかあ……。そうだね」

「それに糸が残っていないってことは、本当にそのトリックかどうかも分からないってことよ」

「まさか」

「私としては信じたいけどね。……でも、これからどうしたらいいのかしら」

「どうしたらって」

「詠子とのあいだにどんな賭けがあったか、天野さんから戸川に問い質《ただ》してもらう？」

典子は片方の眉をつりあげた。

「それをやってもらっていいのか分かんないのよね。そんなものはないとつっぱねられたらおしまいだもの」

「いちばんいいのはその内容までボクらが推理できればなんだけど、さすがにそれは無理なんだろうなあ……。この小説だけじゃ、いかにもデータ不足で」

腕を拱《こまね》いて智久は言い澱《よど》んだ。ここまで様ざまな推理が引き出せたのだから、まだまだ多くの余地があるだろうという期待、そして所詮このような断片的文章からは導き得る事実も限られているだろうとする想いが、相半ばして二人の頭に貼りついていた。

♠7　技術上の不能

「二人のあいだに賭けが……。そう考えれば確かにあの場の雰囲気がぴったり説明つきますね」

新宿のとあるマンモス喫茶の窓際の席で、典子の説明に耳を傾けていた天野は強く肯定の意を見せた。テーブルの上には彼がいつも持ち歩いているカードがピラミッド状に並べられている。

「しかし驚きですね。あの用語表が暗号になっていたなんて。僕も処どころ妙な書き方をしているとは思ったけど、まさかそんな文章が隠されているなんて夢にも思わなかったなあ」

「奇妙な才能というほかないですわ。……智久にもどうやらそれに似た不思議な言語感覚が具わってるんでしょうね。あの子がいなければ決して解かれることなく終わっていたでしょうから」

「僕も小説を書いた甲斐がありましたよ」

口とは関係なく、天野の手は次々とカードを操る。どういう名称の一人遊《ペイシエンス》びか典子には分からなかった。傾いた陽射しはテーブルの上に落ち、一枚一枚のカードを鮮やかに輝かせている。

「暗号文は用語表のほかにもたびたび送られていたんでしょうか」

ひとつの山が崩され、新たな模様が組み立てられる。かと思うとその模様もすぐに変形され、全く意外な形を浮きあがらせる。天野はそちらに視線を落としたままぽつりと尋ねた。

「想像でしかないですけど、ほかにはなかったと思います」

「それはどうして」

「この暗号、ずいぶん手間がかかっている割に、送られる情報量はほんのわずかでしょう。つまり実用性の面からだけいえば、ほとんど使いものにならないシロモノだわ。ここで暗号学の講義をするつもりはないけど、たびたび情報を送る必要があり、しかもその量も多いなら、彼女はもっと実用性のある換字式暗号を選んでいたはずよ。……この用語表の暗号のいいところは暗号文に《暗号くささ》がないことで、その点、実用性と暗号くささは比例関係にあるんですけど、あえて実用性を選ばなかったのは送りたい情報量がほんのわずかだったからじゃないかしら」

「あなたは実に優れた心理学者だ」

天野は手を止め、じっと典子の顔を正視した。

「冗談じゃないですわ」

相手の真面目な口調に典子は恥じ入って返し、

「戸川さんと園倉さん、お二人のその後はどうなんですか」

「危機的状況はずっと続いてますよ。特に戸川君が心配だ。今はまだ神経症の範囲内に踏み留まっていますがね」

「神経症って、つまりノイローゼでしょう」

「そうですよ」

「神経症がひどくなると精神病になるんですか」

「いや、いちおう二つは別の疾患として扱われます。精神分裂症は躁鬱《そううつ》病や癲癇《てんかん》などと同じく精神病の範疇に含まれますが、神経症は精神病ではありません。神経症はその患者のなかにある不安の原因を取り除いてやれば、必ず治ります」

「興味ありますわ。もっと詳しく聞かせてください」

「そうですか。つまり、神経症には必ずその原因となる心理的な不安がある。これを心因というんです。——ところが分裂症の場合、すべてを心因に結びつけようとすると無理が生じるんですよ。むしろ全く認められないことも多い。もちろん患者の過去を詳しく探り、それらしい原因を見出せる場合もあるが、原因と思われる状況が変わっても病気が癒《い》えるとは限らない。分裂症が心因性でなく、内因性の疾病だと見なされる所以です」

「内因性……？」

「患者自身の内部から湧き起こった——というほどの意味と思っていただいて結構ですよ。はっきり言えば、原因不明ということなんです。いずれ器質性、つまり脳内の生理的異常がはっきりするだろうから、それまでは内因性と称んでおこうという保留的な立場と言ってもいいかな」

　天野はにっこりと微笑んで、

「分裂症の生化学的な原因究明は、信ちゃんたち、大脳生理学者の仕事ですよ。分裂病者の脳では広域に、特に間脳と前頭葉辺縁部において、ノルアドレナリンという神経ホルモンに関するサイクルが壊されていることが明らかになってきた。……でも、最終的な機序解明への道はまだまだはるかに遠そうですね。とにかく分裂症という病気はいろんな要素が複雑に絡みあって起こっていると考えられる。ずいぶん研究が進み、いろんなことも分かってきたけど……」

「けど？」

典子は相手の表情に一瞬の曇りを見つけて、そう首を突き出した。

「現在では以前と較べて、ずいぶん治療の効果もあがっているんでしょう」

「表面的には確かにそうかな」

天野の言葉には奇妙な苦々しさが流れこんだ。

「だけどそれはほとんど薬物の効果ですよ。解熱剤を与え、熱がさがったからといって、熱の原因となる風邪を治療したことにはならないでしょう。今の状況はそれに似ている。……いいですか。そもそも分裂症は全く治療を施さない場合でも、患者の三分の一は自然に治ってしまうんです」

「あら。そうなんですか」

典子はびっくりして相手の顔を見なおした。

「また別の三分の一は、治療をしないで放っておけばもちろんのこと、どんなに治療を施しても決して治ることはない。病状はどんどん進行して、結局末期状態、つまり廃人になってしまう」

「まあ」

「残りの三分の一はというと、治療しないでおけば病状が固定し、欠陥状態に留まる一群です。現在の療法で、この一群は何とか治癒に近い状態に引き戻すことができます。人格に変化の残されたまま落ち着く、欠陥治癒というものです。……近年の薬物療法の効果はある面からいえば確かに絶大で、患者の派手な症状、日常生活に支障をきたす症状を抑えることによって、彼らを扱いよくし、精神療法なども行ないやすくなりました。要するに、治癒に至るまでの困難が著しく減ったということなのです。その点、病院内の雰囲気は昔の牢獄めいたものとは隔世の感があります。けれども、それはやはり病気そのものを治すものではない。薬を中止すれば再発することも多い」

「意外だわ」

「意外なのはこのあとですよ。本質的に見るなら、分裂症の治癒率は昔に較べて顕著にあがっているとはお世辞にも言えない。いや、そればかりか現在の治療は放っておいた場合の病状の変化の具合をただ速めるだけの効果しかないという統計さえあるのです。……つまり、病状が軽くなろうとしている患者はより速く治すことができるけれども、病状が進行しようとしている患者はよりすみやかに悪化させてしまうということですね」

「そんな……」

「極端に言えば、ということなんです。でも、確かにその傾向はある。これは現在行なわれている治療というものに対する数字の上での批判ですよ。……また現に、今の治療を支える《正常に対しての異常》という根本的な精神病の見方を問いなおす動きとして、『反精神病理学』という考え方が提唱されたりしている。……要するに僕らはまだまだ何も分かっちゃいないんです」

それこそが天野の嚙みしめる苦さなのだろう。飲み残したコーヒーをいっきに呷《あお》ると、

「話がだいぶ逸れましたね。……いちおう神経症と分裂症とは別のものと見なされる。けれども初期、もしくはある種の分裂症の症状は神経症の症状と見分け難い場合が多い。というより、症状だけを見てそれを判別することがそもそも不可能な場合が多いのです。神経症がひどくなると分裂症になるというものではないにせよ、過大な心理的ストレスが分裂症への引き金となるケースは稀ではない。ですから病態だけを

見た場合、神経症から分裂症へ移行することは確かにある。……危機的状況と言ったのはそういう意味なんですよ」

「その状況を喰い止めるためには、どうしても事件を解明する必要があるんですね」

「そういうことです。……とにかく一刻も早く解明してやらなければ……」

天野はそこで言葉を切った。二人のあいだに長い沈黙が割りこむ。

「そういえば、例の患者さんは……」

「ああ。彼ですね。猿遺院哲学居士……」

「そう呼ばれていたんですか」

「妄想型分裂症としてはなかなか面白いケースでしたね。彼が体験していた妄想世界を結局我々はほんの一部しか垣間見られなかったのですが……。彼は遺書を残したんですよ。皮肉な遺書を……」

「どんな？」

「かなりの量なんですよ。最初は精神の波動が空間だけでなく、時間の軸にそっても行なわれるという論考。次がその波動の理論を展開した、人間と人間との《関係》を実体として見る論考。……至るところに彼自身の体験が顔を覗かせていて、特に興味あるのは、自分の背骨が背骨に似た卑《いや》しい生物だという妄想を持っていたらしいことなんです。その生物は彼の頭蓋骨のなかに首をつっこんで、脳髄をすっかり喰い散らしてしまった。脳髄を食べたぶんだけその生物の頭はふくれあがり、彼の頭蓋骨のなかを占めているのは、だからその生物の頭部だというんです。自分の思考や行動はすべてその生物によって牛耳られている。——まあ、ざっとこんな具合なんです。

しかしいちばん僕の頭を悩ませたのはその遺書の最後の部分でした。こう書かれてあったんです。……『だから私の背骨は私の亡霊に怯えている。猿云々の妄想がでっちあげに過ぎないと幻覚の人物に語りかけるふりをして、私の背骨は私の亡霊に言い聞かせてきた。それこそが私の背骨が背後の私から逃れる最後の手段だったのだ』

……」

「何ですって……？」

典子は眉をひそめて訊き返した。

「よく分からないでしょう。……僕もよく分からない。ただ言えることは、たまたま僕が目撃した光景——肩に猿が取りついているという妄想は周囲の者を騙すためのでっちあげだと、誰もいない空間に向かって、さもそこに口をきかない患者の一人がいるように語っていたのは、彼自身にもはっきりと意識されていた演技に過ぎなかったということです」

「演技……。幻の人物に向かって喋っていたということ自体が、ですか」

「そう。どうやらそのようです。そうすることによって、なぜ彼の亡霊——多分、彼が喪失した本当の自己——の呪縛から逃れられるのか、それはよく分かりませんが、とにかく僕が目撃したのは、彼、もしくは彼のなかの不思議な生物が、彼の亡霊が聞き耳を立てている前で演じてみせたお芝居だったということなのです」

「頭がこんがらがってきたわ」

典子は本当に眩暈《めまい》を感じた。

「ちょっとしたパズルでしょう。元来分裂症の特徴はその思考の脈絡の分かりにくさ、了解不能性なんですけど、僕はそれを絶対的なものとは考えない。角の三等分線が作図できないといった本質的な不能ではなく、巨大な数の因数分解ができないといった技術上の不能だと思うんです。望むだけの時間と労力を費やせば解けるはずだけど、現実としてできないというだけで……。だけど患者は誰よりもそれを待ち望んでいるのです。救いの手を待って、待って、待ち望んで、そうしてついに彼はこらえきれずに自らの命を絶ってしまった……」

「仕方ないわ。天野さんは万能の神様じゃないもの」

「そう。仕方ないんです。でも、やはり患者たちは待ち続けている」

天野の手がゆるやかに止まる。カードを操作する次の手順がなくなったのだろう。つまり、そこで遊びは終わったのだ。

「うまくいきました？」

ゲームの目的が分からない典子はテーブルの上の模様を眺めながら尋ねてみる。最初はピラミッド状だった形は何度も変容を繰り返し、今は一部崩れた二重のダイヤモンド形に並べられていた。

「駄目ですね」

天野はその形を手でかきまぜて崩し、

「カードの一人遊びはペイシェンス、またはソリテールというんですよ。『クロンダイク』『カドリール』『ピラミッド』『ユーコン』『四つ葉のクローバー』『蜘蛛《くも》』などが有名なところで、今僕がやっていたのは戸川君の考案によるものなんです。ちょっとひと口には説明できませんが……」

「へえ……。いろいろ詳しいんですねえ。小説を読んでても天野さんの記憶力のよさにはびっくりするわ」

典子はしばらく考えて、

「ねえ。その記憶力のいいところで、例の夜、戸川さんがスラムを達成したハンドを思い出してもらえませんか」

「あのときのハンドを？　これは難しい注文ですね」

天野はまとめたカードを手に持って、困惑の表情を浮かべた。

「無理かしら……」

典子がその提案をひっこめかけるのを、

「ちょっと待ってください。……そうだな。自己催眠でやってみるか」

そんなことを言うと、急に眼をつぶり、両手をテーブルの上にひろげてぶつぶつと口のなかで何事か呟きはじめた。典子は思いもよらぬなりゆきに息を呑んでその様子を見つめる。

しばらく天野の呟きは続き、それが途絶えると、眉根を寄せたまま一分近く黙り続けた。深く長い息。時折り下瞼のあたりがピクピクと震える。再び深い息。そうしてゆっくり眼を開くと、カードの束に細長い指をかけた。

「最後のほうは簡単です。……順々に繋ぎあわせ、あてはめていけばいいから――そうだ。こうです」

天野が並べ終えたのは次のようなハンドだった。典子はプレイの勉強のためにと考えて、それを手帳に書き写した。

	N（戸川） ♠A1095 ♥A732 ♦K985 ♣A	
W（天野） ♠Q86 ♥QJ8 ♦6432 ♣1095		E（詠子） ♠J7 ♥1096 ♦QJ107 ♣J843
	S（園倉） ♠K432 ♥K54 ♦A ♣KQ762	

「でも凄い特技ですわね」

感銘したような典子の言葉に、

「それほどでもないんですよ。訓練の問題だから」

「そんな。……とにかくうちに帰って検討してみます」

「熱心ですね」

白い歯をこぼして天野は笑った。

「ほかに取り柄がないんですもの」

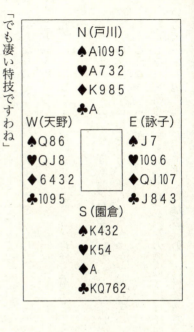

「いや、きっとお二人はすぐに僕より巧くなりますよ。僕の取り柄は記憶力だけで、プレイそのものはほんとにダメなんです」

「まさか」

「いや、本当ですよ。あなたがた姉弟は素晴らしい」

天野はカードを紙のケースにしまいながら、

「とみに僕は最近、あなたのファンなんです。というわけで、明日僕は車で海に行くつもりなんですが、是非ごいっしょしませんか」

いきなりのそんな誘いに典子は眼を丸くした。

「ご冗談を」

「冗談でこんなことは言いませんよ。もうお盆も過ぎましたが、泳ぎおさめにどうですか」

そういえば今年の夏は一度も海に行っていない。典子は慌てて氷しか残っていないグラスのストローに口をつけ、それに気がついて照れ笑いしながら、

――どうなってるのかしら。

しかしそれを断る理由もなかった。須堂の多忙さに反比例して典子は暇だし、だいいち天野は海辺を連れだって歩くには恰好の二枚目である。絵になる点では須堂とは

天と地ほどのひらきがあった。

「私でよければ」

瑣細な後ろめたさはその言葉を返す歯止めには到底なり得なかった。

♠8　さらに大胆な

たらたらとした坂をゆっくり駆け登るときには両側の緑が快いくらいのものだったが、登りつめた瞬間、それがジェット・コースターの坂だったことが分かる。そこからは擂鉢《すりばち》状に眺め渡せる平地の底まで、まっさかさまに車は滑りおりた。

近くを通り過ぎる葡萄《ぶどう》棚には紫水晶の輝きがあふれている。

斜面を滑りおりると、そこから車道は曲がりくねって続いた。左手に現われた大きな看板には青を背景にして黒い水着の女性が横たわっている。清涼飲料水の広告だった。

車道の先に時折り逃げ水が揺らめく。――夏なんだ。智久はたちまちウキウキした気分になった。青空にぽつりと取り残されたはぐれ雲も決して孤独など感じていないだろう。むしろ気ままに遊弋《ゆうよく》を楽しんでいるふうだ。

車の窓をしめきり、冷房を入れてあるのが勿体ないくらいだった。八月二十三日。わがままな季節が終わりに近づいているとは到底思えないような陽射しである。

海へ。

天野の運転は確かなようだ。典子も助手席で浮かれた気分を体全体に表わしている。最初は目的の海岸に直行するはずだったが、智久の提案で座間の廃屋に寄ることになっていた。時間は充分ある。まだ午《ひる》にもまがあるのだ。

「ボクね、面白いことに気がついたんだ」

「え。何」

薄い茶のサングラスをかけた天野が後ろの座席に首を曲げる。

「姉さんが書き写してきた例のハンドを見てさ、ブリッジの本で確かめてみたんだ。――ほら、効率的にトリックを取るための技巧的なプレイにいろんな名前がついてるでしょ。『シングル・フィネス』とか『ダブル・フィネス』、『ディープ・フィネス』、『トランプ・フィネス』、『オブリガード・フィネス』、『スクープ』、『スクイーズ』、『グランド・クー』……なんてね。で、あの夜の二度目のグランド・スラムには『悪魔のクー』というテクニックが使われてたんだよ」

「『悪魔のクー』……?」

典子は眉をひそめて振り返る。

「そうだよ。何となく暗示的で、びっくりしちゃった」

智久が言うと、天野も声を落として、

「へえ。あれが『悪魔のクー』だったの。僕もその名前は聞いたことがあったけど。……だいたい僕はプレイに関して本で勉強するより、とにかく実戦という感じだったからね。あれがそうだったとは知らなかったなあ」

「どうしてそんな名前がついたのかしら」

それには智久が、

「多分相手側からすれば、ほとんど確実に取れるはずのトリックが悪夢のように取れなくなるところからつけられたんじゃないかな」

すると天野も頷いて、

「そうだね。僕もあのときは絶対僕らが1トリック取れると思ったよ」

午過ぎになって、車は目的地に到着した。

東京でも園倉の洋館の前を通過してきたので、二つの建物の相似は智久と典子にも了解できた。

「本当に瓜二つだね」

「恐いみたい。……なかにはいってみる？」

「もちろん」

三人は荒れ果てた雑草や瓦礫《がれき》を踏み越えて、ポッカリと開いた口のなかにはいった。

黴《かび》臭い匂いが智久の鼻を打つ。袋状の蜘蛛の巣に埃《ほこり》が積もり、至るところでだらりとぶらさがっている。壊れた羽目板の隙間からいじけたような草が顔を覗かせていた。

「こちらだよ」

天野はサングラスをはずして薄闇の一方向に先導していった。闇はその先に進むにつれ、次第に濃く押し被さってくる。天野がつけたガス・ライターの炎では到底周囲を明るみに引きずり出すことはできなかった。

「ここがトイレ。……その先がキッチン。基本的に部屋の配置は変わらない」

がらんとした空間を指しながら説明していく。

「ここで薬缶が沸いてたんだね。……ふうん」

鉤状《かぎじょう》に折れた長い廊下。角を曲がると、その先には底知れぬ真の闇が咽を開いていた。不吉なものはまだこのなかにひそんでいるかも知れない。智久の頭はたやすくその想いで占められた。

「足もとに気をつけて。穴があいてるから」

頼りない炎をかざしつつ、天野は件《くだん》の部屋に進む。小説にあった通り、部屋の手前には二階へ続く階段。

扉をくぐる。

智久は小説の情景を追体験しながら胸の鼓動が昂鳴《たかな》るのを覚えた。濃厚な死の匂い。典子の表情も不自然な翳《かげ》をあびて恐怖だけが洗い出されている。暑い。

天野は穴倉のような空間の中央に歩を進めた。立ち止まり、火をかざす。そこが屍体のあった場所であることを暗示するように――。

二人は顔を近づける。

けれどもそのあたりの床は黒っぽく朽ちてはいたが、血の痕らしいはっきりしたしみは見あたらなかった。

天野もそれに気づいて不審そうに腰を落とす。ライターの火をその周囲に巡らせたが、やはり血の痕はない。

「警察が拭き取ったのかな」

冷えた表情をこちらに向ける。

「気味が悪いわ。……もう戻りましょ」

典子の声は顫《ふる》えを抑えようとするためか、囁くように低かった。

三人は追われるような気持ちで部屋を出た。外は嘘のように輝きで充ちている。車をスタートさせて、ようやく智久が口を開いた。

「抜け穴を捜すなんて、とてもそれどころじゃなかったね」

「恐かったわ。小説ならいいけど、実際にあんなところへはいるなんてもうまっぴら。……気分が壊れちゃうわ。智久があんなところに行こうと言い出したのがいけないのよ。早く海へ行きましょ」

「そりゃあないよ。時間もたっぷりあるって賛成したのは姉さんじゃない。どうせ今日は民宿に泊まるからって……」

目的の海岸に到着したのは一時を少しまわった頃だった。

海は突き抜ける空の下で処どころ白い歯を立てている。潮の香りが膚にまつわりつく。盆を過ぎたせいか、人の姿はそれほど多くはなかった。それでも高くなった波にサーフボードがいくつか白い軌線を描いている。

車を預けると、三人はすぐに着替えて民宿をとび出した。

濃紺のビキニでわずかに身を被った典子の裸身は白く輝いていた。身長も百六十五はあって、どちらかといえば日本人離れしたプロポーションは海を背景にしてこそ照り映える。

智久は主に砂浜から二人を監視する役まわりとなった。彼は泳ぎが得手《えて》ではなかったのだ。スポーツは好きだが、何しろ水に触れる機会が少なかったのだから仕方がない。二人は沖のほうで見え隠れしながらしぶきをとばしあって遊んでいる。誰の眼にも、いかにも似合いのカップルと映るだろう。

——ちえっ、須堂さんはいいのかよ。

智久はぶつぶつと呟いた。しかし、こういった海辺ではいかにも須堂が絵にならないのは確かだ。

——姉さんもけっこう浮気っぽいんだから。

面倒なんか見てはいられないと、智久は監視を放り出して、甲羅干しに専念することにした。

砂浜に俯《うつぶ》せになると、上から下からじりじり天火で炙《あぶ》られる気分だ。汗が絶え間なく滲み出る。背中の皮がつっぱるような感触。それもまた快い。

汗が眉を伝わって眼に流れ、きゅんとしみる。なぜかそのたびに鼻の奥が塩辛くなる。そのふつふつと流れ落ちる感触を味わっているうち、不意に廃屋の内部が脳裡に蘇った。死の匂い。だけどそこに血の痕はなかった。

智久は俯せたまま上目遣いに空を見あげた。睫毛《まつげ》を濡らす汗のせいか、七色の光が玉のように砕けている。波の音が懶《ものう》い。

双子の建物。――奇妙な暗合だと思う。地面すれすれから沖を眺めると、もはや二人の姿は頭だけの黒い粒だ。髪の長いのが典子。短いのが天野。

――天野さん。ボクは疑ってるんだよ。知ってる？

智久は右手の人差し指を立て、銃の形にして照準をあわせる。ＢＡＮＧ！　だけどボクには具体的にどう疑えばいいのか分からない。

ふと気がつくと、智久の背後にサクサクと砂を踏む音が近づいてきた。

「やっぱり！　智久君じゃないの」
十七、八の少女。濡れた髪を搔きあげながら叫んだのは智久の親衛隊の最もラディカルな一人だった。少年は慌てて首を縮める。
「奇遇ねえ。こんなところで会うなんて。誰と来たの」

「姉さんたち――」

「こんなところで焼きっぱなしにしてちゃ、今夜痛くて眠れないわよ。泳ぎましょ」

少女は智久の手を引っぱって強引に立ちあがらせる。

「――ボク、泳げないんだよ」

「あーら、かーわいい。あたしが教えたげる」

断る暇もあらばこそ、少女はグイグイと腕を引いて、あッと思ったときにはもう智久の体は水のなかに投げ出されていた。

典子よりさらに大胆な真紅のマイクロビキニ。そして恥じらいなくのばされた四肢も典子よりさらに健康的だった。

「水着の智久君も素敵よ」

そう言って誇示するように笑いながら、体を押しつけてくるやら、水のなかを引っぱりまわすやらで、おかげで少しは泳ぎが上達したかも知れない。

♠9　もどかしく行を追う

夜になって、背中のつっぱる感じが激しくなった。特に肩や頬の上が痛い。浴衣《ゆかた》で畳の上に腹這いになっても、その感触はじんじんと貼りついて離れなかった。

智久は何かせずにいられなくて、二つの用語表を眼の前にひろげた。

「あら。こんなところまで持ってきたの」

「熱心だね」

天野たちも覗きこんで言う。

「熱心……。まあね」

そう答えながら、しかし智久が主に眼を通していたのは『カード・ゲーム用語表』のほうだった。

「こちらの用語表が『ブリッジ用語表』よりあとに作られたのはどうしてなの」

「ああ、それね」

天野は智久の横に腹這って、

「何てことはないんだよ。コントラクト・ブリッジの普及――というか、要するにブリッジ仲間を引き入れるために用語とゲーム方法を簡潔にまとめた手引書を作ろうということになって、できたのがこちらの『ブリッジ用語表』だったんだ。ところが少し簡潔に過ぎたのか、初歩的な用語の説明が省かれたきらいがある。そこでブリッジに限らず、もっと幅広い基礎的な用語をまとめて表にしようということになり、この『カード・ゲーム用語表』が作られたわけだ」

「それにしちゃ、ちょっとおかしいんだよね」

智久はぽつりと言葉を返した。

「え。何だろう」

「例えば『デクレアラー』や『ディフェンダー』という言葉……。これは『カード・ゲーム用語表』にあって、『ブリッジ用語表』にはないでしょ。どう考えてもこれは不自然だと思うんだ。だって、この言葉の説明抜きでブリッジの手引書を著《あらわ》すなんて考えられないよ。ほかにも『トリック』『リード』『フォロー』『ビッド』『コントラクト』なんて、省略して話を進められるほど初歩的な用語とは思えないんだ。……それとも、ついうっかりしたっていうのかな。ボクには信じられないよ」

「ねえ。それ、どういうことなの」

典子も怪訝そうに顔を突き出す。

「つまり、こういうことだよ。『カード・ゲーム用語表』は実は『コントラクト・ブリッジ用語表』と並行して作られてたんじゃないか……」

「ふうん？」

典子は首を傾げて、

「それが本当だとしてもどうってことないでしょ。詠子さんにとって『ブリッジ用語表』で暗号の鍵を送り、『カード・ゲーム用語表』で本当に伝えたい情報を送るというのが最初からの予定だったとしたら、二つの用語表を初めに作っておいたとしても別に不思議はないもの」

「だからこそ、よけい不思議なんだよ！」

智久は激しい口調で言いきった。

「いい？　二つの用語表をその予定のもとに同時に作ったとしたら、それこそ『デクレアラー』や『ディフェンダー』などの言葉をわざわざ『カード・ゲーム用語表』のほうにまわす必然性がないじゃない。だって、『カード・ゲーム用語表』の暗号は『園倉さんへ、戸川さんとペアを組んだ時には負けてください』で、これに必要なのは全部で六十八ある項目の最初の十五だけでしょ。そのくせ、ボクがさっき言ったいくつかの用語はこの十五個のなかには含まれていないんだから」

「なるほど。確かにそうだね」

天野は智久の言うところを理解して、やはり不審そうに首を振った。

「じゃ、それらの言葉をどうしてわざわざ『カード・ゲーム用語表』に取り入れたのか、改めて考えなきゃいけないね。智久君はもう見当をつけてるの」

訊かれて、こっくりと頷く。

「何、何よ。言いなさい」

下から覗きこむように典子はせかした。智久は、うん、と言い澱んで、

「双子暗号だと思うんだ……」

聞き慣れない言葉に天野は眉をひそめる。

「双子暗号？　この用語集にもうひとつの暗号が隠されてるっていうのね」

そう言って典子はせっかちに表を引き寄せた。

「そうね。確かにそうだわ。もうひとつの暗号を組み入れるために項目の調整をしたと考えればいかにも自然だわ。……まだ見つかってないの？」

「うん。ぼんやり眺めててもなかなかピンとこなくて……」

「よし。考えましょ、天野さんも」

三人はその表と睨《にら》めっこをはじめることになった。その頃には智久にもう背中の痛みのことなど頭になかった。思いあたる方法をいろいろ試してみたが、文章らしい文章はなかなか引き出せない。

網戸の外の闇からは遠雷のような潮騒が鳴り伝わってくる。

さんざんひねくりまわしたあとで、三人は最初から視点を変えてやりなおすことにした。文章の記述上、少しでも不審な点をすべてピックアップしてみる。その検討にもけっこう時間がかかったが、結局最初の十五の項目を除いて、次のような点が挙げられた。

18　アップ・カード　その表が見える
19　ホール・カード　表が隠された
20　ワイルド・カード　全てのカードのうち
28　エルデスト・ハンド　ローテーションにしたがって
29　リボン・スプレッド　わずかだけ
31　カット　その中央で
35　ディスカード　一般的な意味では
37　トリック　いちまい
39　リード　一回のトリックを始めるために
44　オークション　勝ち残った者がもつ
56　オープン　さい初
57　チェック　下手に移動させる
62　レイズ　あわせず
65　パス　一旦
66　リボーク　うっかりして

68　スコアリング　たわいない……以下

これらは言葉遣いがぎこちなかったり、不必要にまわりくどかったり、漢字で書かれてよさそうなものが平仮名だったり、他の項目の記述と較べてちぐはぐだったりという箇所である。

「どう。それぞれの項目の比較的最初の部分に集中してるでしょ。……やっぱり第一の暗号の原理と同じ種類じゃない？」

「つまり、それぞれの項目の最初から何文字かを拾いあげていくわけかな」

「そうね。……でも、第一の暗号ほど単純なシステムじゃなさそうだわ」

「何文字目あたりか、もう少し絞ってみようよ」

智久は言って、その作業を続ける。

その表が見える　9～15

表が隠された　9～14

全てのカードのうち　4～12

ローテーションにしたがって　1～13

わずかだけ　11〜15
その中央で　5〜9
一般的な意味では　5〜12
いちまい　12〜15
一回のトリックを始めるために　1〜14
もつ　12〜13
さい初　1〜3
下手に移動させる　9〜16
あわせず　13〜16
一旦　12〜13
うっかりして　10〜15
たわいない……　11〜

「こうすると、不自然な箇所はそれぞれの項目の九番目あたりから十六番目の文字のあいだに固まってるよね」

智久の言葉に天野も興味深げに、

「うむ。偶然じゃなさそうだ」

「この『さい初』というのは違うわよ」

さすがに典子は猜疑《さいぎ》の眼も捨てない。すると智久は、

「それについては、まずこう考えておかなくちゃいけないと思う」

勿体をつけるように指を立てて、

「不自然な箇所があったからって、拾い出すべき文字が必ずしもその部分にあるとは限らないよ。なぜって、特定の位置に特定の文字を持っていきたいため、それより前の部分をいじって調節することも考えられるでしょ」

「なあるほどね」と典子。

「でも、やっぱりこのあたりはいかにもクサイよね。ここに何かあるはずなんだ。特に十一、十二、十三、十四番目……」

「その部分だけ抜き出してみましょうか」

あっけらかんと典子は言って、もうその作業に取りかかる。

「とりあえず、いちばん怪しい十一から十四。念のため、第一の暗号が組みこまれてる部分もね」

字。ラン
ペード、
ンバーと
組のカー
カード。
う。一組
。十三枚
では三枚
。狭義で
ンス。多
と。フェ
札のこと
るカード
れてある
ているカ
あるカー

表が見え
隠された
うち任意
ツよりも
れたとき
をいう。
またはオ
初の配り
プレーヤ
して並ん
がって、
わずかだ
と。デッ
けて、上
クを抜き
が作られ

では、ハ
スで特定
をいちま
ックでい
るために
されたカ
ーツのカ
のトリッ
ようとす
がもつ特
った者が
を決めた
対して、
こと。ビ
、予め請
、宣言よ

ことを目
ことをい
央に置く
加を示す
ベットす
に移動さ
こと。自
そのベッ
イングに
ベットさ
額にあわ
ながら、
あと、各
を一旦は
つかりし
または得

ん下にあ　一枚かそ　、メイク　たわいな

「線を引いて区切ってあるのは、第一の暗号が組みこまれているところまでよ」

「さて、ここから何か引きずり出せるか……」

そう言って、智久は鋭い視線を文字の上に落とす。

「原理が同種だとすれば、やっぱり横に読んでいくと思うんだ。……第一の暗号は二文字ずつセットで、単純な横読み。こちらは単純にはいきそうもない……」

そんなことを言いながら智久はかすかに首を振りはじめた。囲碁の手合で終盤にはいり、地の計算をするときの癖である。ぶつぶつと口のなかで呟いているのは、そうやって様ざまな読み方を試しているのだろう。

「……どうも文が見えないな」

「もう少し範囲をひろげたほうがいいのかしら。九〜十六くらいにしてみる？」

「いや、待って。ボクの勘ではこの範囲でよさそうに思うんだけど……」

そのとき、首をひねりながら眺めていた天野が、

「お尻から読んでいってもダメかな」

「そうか！　第一の暗号の先入観があるから、ボク、右から左へばかり読んでた。左

から右へ読んでいってもいいんだよね」

そうして再び何分間かの沈黙が続いた。智久の肩がぶるっと大きくわななないたのは全く突然のことだった。

「これ。この部分！」

そう指さしたのは最後より五行目から九行目にかけての部分だった。

「ここをこういう具合に追ってくと『戸川さん』になるじゃない。……これ、偶然かな？」

典子と天野の視線もその部分に吸いつけられる。

ィ**ン**グに
ベット**さ**
額にあ**わ**
な**が**ら、
あ**と**、各

「十二番目と十四番目？　これを二つずつ——かしら」

「すると最初は」

を一旦**は**
つかり**し**
ま**た**は得
た**わ**いな

「『私は』ね。いけそうよ。続けて読んでいくと……」

三人はもどかしく行を追った。指で辿るにつれて隠された文章はひとつひとつベールを脱ぎ棄てていく。

典子はそれを別の紙に写し取った。

　わたしはとがわさンの自さッをくいとメよ請としたがもうッカれたいまではそれをてッだってヤりたいきもちさえあるいるドの。多では十組。のバ、ン

第一の暗号が組みこまれていた右から十五行までの部分は意味をなさない。そこを

除外して読み下すと、
私は戸川さんの自殺を喰い止めようとしたが、もう疲れた。今ではそれを手伝ってやりたい気持ちさえある。

第二の暗号は解かれたのだ。三人は互いに顔を見あわせた。

「君たち姉弟は……本当に凄いね」

天野は感嘆の声を惜しまなかった。

♠10　足もと近くでなく

暗号は解かれた。

しかし未だ真相らしい真相は見えてこない。否、むしろ様ざまな事柄が明らかになるに従って、謎はますます深まってくるようにも思える。

詠子は戸川の自殺を阻止しようとしていたという。戸川には自殺願望があったのか。詠子と戸川が片時も離ればなれにならなかった裏にはそのことが前提としてあったのだろうか。

また、そのことと事件とはどういう関係があるのだろう。

詠子の消失劇は誰の謀《たくら》みなのか。

詠子の死は自殺か他殺か。

詠子のそばにあった♠J。そして女王の頬から消えた黒子《ほくろ》。

プレイの裏で行なわれた賭けとは。

そしてなぜあのような消失劇が演出されなければならなかったのだろう。密室からの消失と密室での死。――この二つの出来事は何によって結びつけられているのだろう。

海はドス黒く、すべての謎を呑みこんだように寂《しず》かだった。土用を過ぎて波の高くなったその潮騒さえも、海の底に沈む謎の量に較べれば、ほとんど沈黙に等しいのだ。

押し寄せる波。岸の近くで白く砕け、薄い絨毯のように砂を洗う。寄せては返し、寄せては返し。気の遠くなる時間を波はその繰り返しに費やしてきたのだ。

智久が眠りについたあと、夜の散歩を言い出したのは典子だった。二人はつかず離れず、海辺にそって歩いていく。都会では見られぬ鮮やかな星空。空と海の境界線にいくつかの明かりが瞬いている。不知火《しらぬい》っていうのがあれかしら。

——ただの舟明かりよね。

そんなことを考えながら典子は天野の背中を追った。

「海の香りは、血の匂いなんですね」

天野はふと足を止めて言った。

「病院のなかも、少し違いますが、似た匂いがするんですよ。一種独特の、腥《なまぐさ》い
……」

「そうなんですか」

「僕だけに感じる匂いなのかも知れない」

天野はゆっくりと向きなおった。

「事件の謎はどうなるんでしょうか」

はっとするほど露《あら》わな問いかけだった。典子は一瞬言葉を失った。

なぜ天野さんは私を誘ったのかしら。今日はいつもの天野さんと少し違う。昼間のはしゃぎ方も、どことなくらしくないところがあった。

「私、ひとつ考えてることがあるんです」

「それは……？」

「詠子さんが戸川さんの自殺を喰い止めようとしてたことと、消失から変死に至る事件とのあいだに繋がりがあるとすれば、両者を結びつけるのはそれこそあの夜に行なわれた賭けではないかと……」

「賭け……」

ふと天野の視線が遠くなる。

「賭けの時代は終わったというのに……」

「え、何のこと？」と、典子は首をのばす。

「いや、何でもないですよ。……ただ、賭けの内容が分からないことにはねえ」

「これは私の勝手な想像ですけど、二人のあいだで賭けられたのは、戸川さんの自殺を認めるかどうかってことだと思うの。戸川さんが勝てば自殺してもいい。詠子さんが勝てば駄目。――そう考えればうまく辻褄があうような気がして……」

「自殺の賭け！」

天野は嘆息した。

「すると……こういうことかな。詠子さんは戸川君に自殺をさせないために片時も彼から離れようとしなかった。だけどそんな状態が何年も続くに従って、二人のあいだに耐え難い疲弊が折り重なっていった。そしていつしか二人のあいだに奇妙な契約が交される。——将来、僕か園倉の提案でペアを組み換えることになったら、そのときの勝敗によって自殺するかどうかの決着をつけよう」

「そうよ。天野さんが戸川さんの部屋で見つけた日記のようなものの断片からしても——ええと、文章はどうだったかしら」

「……なことは爛《ただ》れている。不自然だ。けれども、この状態をどうすればいいのだろう。この綱渡り、危ういバランス、アクロバットを、どうすればいいのだろう……」

潮風の吹きつける砂浜に立ちつくして、天野はすらすらとその文句を暗唱する。

「そう。あの言葉だって……何て言ったらいいのか、自分の自殺願望のために詠子さんを犠牲にしているような状況へのもどかしさ、苛立ちだったんじゃないかしら」

「そうですね。……戸川君は言う。『もし僕が勝ったら自殺を黙認してくれ。そしてもし君が勝ったら、僕はきっぱり自殺の願望を捨てよう』……そこで詠子さんはこっそり園倉に、わざと負けるよう依頼した。汚い手ではあるが、彼女にはどうしても戸川君を自殺させることはできなかった……」

「そうよ」

「だけど実際に勝ったのは戸川君のほうでしたよ。この仮定が正しいなら、戸川君の自殺は認可されたことになりますね。ところが屍体となり果てたのは戸川君ではなく、詠子さんのほうだったじゃないですか」

「そこが謎なの。そこが分からないのよ……」

典子は溜息をつき、再びゆっくりと歩きはじめた。大きな蓆《むしろ》を干した横を通り、朽ちた漁船の傍らに寄る。

「クーラーの仕掛けは園倉さん以外の人でも、こっそり事件のずっと前から取りつけておくことができるわ。……でも薬缶をかけるためには、どうしてもその役割を果たす未知の人物が要る……」

典子は頭を抱えこんだ。

「変だわ。戸川さんも詠子さんもペアを組み換えての対戦がいつ行なわれるか分からなかったはずなのよ。いつ行なわれるとも分からない対戦のときのために薬缶をかける人物を常にひそませておくなんて、そんな馬鹿馬鹿しいこと、あるはずがないわ。……まだしもペアの組み換えを提案したのが園倉さんだったとしたら、彼がその賭けのことを悟った上で、すべての準備を整えておいたとも考えられる。……でもあの小説では、ペアの組み換えを言い出したのは天野さんだったでしょう」

なぜかしらぞっとするものを感じて典子は後ろを振り返った。天野の表情には船体の影が落ち、全く読み取ることができなかった。

「そうだったでしょう?」

二度目の問いかけに、長身の影は頭をゆらりと頷かせる。

「だったら薬缶とクーラーのトリックで人間消失が演出されたのは、賭けがいつ行なわれるかということとは全く関係してなかったのかしら。二つは全然別の要素であって、それがたまたまあの夜に偶然重なって起こってしまったというのかしら……」

「偶然……。そんなことがあるでしょうか」

天野は船に背をつけた典子の前を腕組みしたままゆっくりと通った。

「そりゃあ、あっていけないことはない。たとえ百万分の一の確率でも、ゼロではない以上起こり得るのは確かですが……。それにしても」

「じゃ、どう考えればいいの。私には分からない」

典子の声は叫びに近くなった。

しかしそれに返された天野の声はひどく低く口籠《くぐも》っていた。

「……組み換えを言い出したのが僕じゃなかったと考えればどうですか」

二人のあいだに沈黙が割りこんだ。潮騒が占める沈黙。沈黙はゴウゴウという激しい耳鳴りになって典子の頭に反響した。

「どういう意味なの」

「僕の記憶違いだと……」

「そんな。天野さんみたいに記憶力のいい人が」

相手はその言葉にクックックッと笑い声をあげて、

「そこまで信用されるとは光栄ですね。……では、どう考えましょうか」

そのとき船体の影のむこうからもうひとつの影が現われた。小さい影。典子は息を呑んだ。

「あの小説自体、フィクションだって考えればどう」

それは智久の声だった。天野もはっと振り返る。

「フィクション？　やっぱり――」

何がやっぱりなのか、天野はそう言って、

「智久君は何からそんなふうに？」

「だって当然の疑問だと思うよ。ボクらは小説に書かれた事件や人物に直接触れてはいないんだもの。確かに二つの建物は実際にあったけど、それですべてが事実と保証されたわけじゃない。かえってあの廃屋に血の痕がなかったことからすれば、実はそんな事件なんて全く起こっていなかったんじゃないかと思われても仕方ないじゃない」

「そうだね。——確かにそうだ。なかなかいいところをついてるよ」

「いいところ?」

智久は憮然とした表情で返す。

「じゃあやっぱり、全部とは言わないまでも、フィクションの部分があるんだね」

「そうだね。……そう言ってもいい」

あっさりと天野は答えた。

典子は呆気に取られてしまった。小説の一部はフィクションだという。だとすると彼らのやってきたことは何だったのだろう。

天野は何度も最初の言葉を躊《ためら》い、嚙みしめるように言葉を続けた。しかし、それは二人には理解し難い内容だった。

「……僕としてはどちらに解釈されてもいいんです。……確かにあの小説にはフィクションと言っていい部分がある……。けれどもこれは断言しておいていいですが、あの小説には事実以外のことは一行も書かれていないのです」

「それ、どういう意味なんですか」

思わず典子は陰になった天野の顔を覗きこむ。しかしそのとき既に影そのものになりおおせていたような天野の口からは、

「僕の手に余る謎を解明していただきたかったんです。……楽しかったですよ。有難う」

そういったちぐはぐな言葉が返ってくるだけで、要するにそれはノー・コメントの意思表示にほかならないのだ。

海面は彼らの足もと近くでなく、はるか頭上に達していたのかも知れなかった。沈黙は手遅れなほど深く、潮騒だけがいつまでも耳の奥に残っていた。

♠J　別れ、そして晩夏

東京に戻ると須堂の渡米の話が待ち受けていた。青天の霹靂《へきれき》。まさにそんな感じだった。

その話自体は半年も前から決まっていたという。招聘《しょうへい》される先はアメリカのとある研究所。須堂の最近の多忙さはこれまでの研究の総仕あげのためだったのだ。

「どうしてそんなこと、黙ってたの」

典子が詰め寄ると、須堂には返す表情がなかった。

「黙ってるつもりはなかったんだよ。ただ、どう切り出していいのか分からなくて……。それでのびのびにしているうちに、だんだん言い出しにくくなっちゃって」

「呆れたわ」

そういえば確かにそんな素振りはあった。須堂がよく見せた困惑の表情。何かを言いかけては言葉を濁したのも二度や三度のことではない。途方もない忙しさも、その後ろめたさから逃れるために須堂のほうから自分を追いこんでいたとも考えられる。

「それで、いつなの」

「……明日」

「呆れたわ。呆れたわ。私、ほんとに呆れちゃったわ」

悄然《しょうぜん》と俯いた須堂の前で、典子は何度もその言葉を連発した。

「天野さんの言ってた先生の秘密って、これだったのね」


旅立ちの日は珍しく雨になった。空は泥のように濁り、空港のロビーまでが変に薄暗いような気がした。

「いつ日本に戻れるの」

缶ジュースの栓をあけながら智久が尋ねる。

「分からない。早くて三年くらいかな。……遅ければ、五年以上――」

「帰ってきたときには大先生だね」

「まさか、そんなことはないよ」

先程からずっと黙ったままの典子を気にしてか、須堂の言葉は少なめだった。天野も少し離れた柱に凭れて煙草をふかし続けている。

「研究はいちおうみんなカタがついたの」

「うん。中途のもあるけど、それはむこうで続けてやるから……」

「むこうではどんな研究を？」

「多分、脳ホルモンのサイクルが中心テーマになるだろうね」

「そうして須堂さんは精神活動のすべてを物理に還元していくんだね」

「そういうことになるかな」

「天野さんは天野さんで全く逆の立場を取っているような気がするけど」

「…………」

「でも、不思議だね。ボクはどっちでもいいような気がするんだ」

「それは多分、僕らが精神というものを精神を通して認識しているせいじゃないかな」

須堂は素早く時計に視線を走らせて、

「あの小説に出てきた二つの仮説の関係に似てるかな」

「あの小説が事実かフィクションかという問題にも似てる?」と、智久。

しかし須堂はそれには答えず、

「もうそろそろ行かなくちゃ」

大きなスーツ・ケースに手をかけた。

「どのゲートなんだ」と、天野。

「あそこだよ。もう人が集まってる」

そのとき、それまでずっと椅子に腰かけていた典子が弾けるように立ちあがったかと思うと、ツカツカと大股な足取りで須堂のそばに近づいた。

須堂が驚いたように向きなおる。

典子はその胸にとびこむようにして、小さく、けれどもはっきりと訴えた。

「待ってる――」

「牧場君」

須堂はケースから手を離し、鼻白んだような、歓喜に打たれたような、何とも不思議な表情で彼女の肩に手をかけた。まるで映画のワン・シーンのようだと智久は思った。

「天野」

しばらくして、須堂がそんな状況のまま呼びかけた。

「何だい、信ちゃん」

天野はぽんと柱から背を離して応える。

「有難う」

天野は眼を丸くして、

「何だ何だ。どうして僕がそんな礼を言われなくちゃならないんだ」

「君の小説のせいだよ」

「小説？」

「そう。僕は君の見立て通り完全にジレンマに落ちこんでたんだ。君がそれを察知して指摘してくれたから……」

典子と智久も困惑のていでいる天野に視線を向けた。

「少し遅すぎたけど、ふんぎりをつけてくれたのはあの小説なんだよ。君はやっぱり優れた臨床医だ」

「人はみな心の病人ってわけだ。面倒見るのはお互いさまさ」

天野は上目遣いに言って、にやりと笑った。

「お互いさまか――」

須堂は典子の肩から手を離し、自分も淡い笑みを浮かべて、

「じゃ、僕も言っておくけど、君だってやっぱりそうなんだろ。優れた臨床医だけど神様じゃない君はできるだけのことをやればいいんじゃないの」

「うん」

二人のあいだでどういう了解がなされ、何に天野が頷いたのかは窺い知れなかったが、そのとき智久は激しい予感に打たれた。恐らく須堂はあの小説が孕《はら》む秘密の最も本質的な部分を見抜いているに違いない。

「こんな言葉足らずな言い方しかできないけど……」

「いや、それで充分だよ」

「じゃ、ほんとに行かなくちゃ」

須堂は三人に手をあげた。その顔には晴れればれとした生気が戻っていた。

雨はまだ降り続けていたが、飛行機はその雲をつっきるような勢いで飛び立っていった。

「待ってる――いいえ。そのうち私のほうから追いかけていくわ」

緑がかった厚い雲のなかに消え去るのを待って、典子がそう呟くのを聞いた。智久

が見あげると、典子の硬い表情にはきっぱりとした決意があらわれていた。

「カッコいいよ。姉さん」

「ナマ言うんじゃないの」

典子は弟の頭に手をあて、乱暴に自分のほうに引き寄せた。

雨は二日間降り続き、それを境に急速に秋の気配がひろがっていった。世田谷の牧場家の近くでも祭りの準備の神楽囃子《かぐらばやし》が聞こえはじめる。晩夏から中秋にかけてが最も江戸情緒の戻ってくる時期なのだ。

♠Q もう一度逆に

智久の頭のなかには黒い、形をなさぬどろどろしたものが渦巻いていた。けれどもそれは事件から拭い去られず立ちこめる不吉さのせいではない。また現在、典子の結婚に関して進められている親族会議めいた話し合いのなりゆきを危惧してのものでもなかった。

むしろ喩《たと》えるなら、碁の対局中にたびたび意識する状態に近い。ひとつの発想（それを発想と称んでいいのかも分からない、もっと根元の、疑惑のようなもの）を局面にどうあてはめればいいか、もてあましている状態なのだ。

智久が家族と訪れている親戚の家は隅田川ぞいの下町にあった。話し合いは居間で行なわれている。智久はひとり、格子窓から川の見える別室にいた。

わたしはとがわさんのじさつをくいとめようとしたがもうつかれたいまではそれをてつだつてやりたいきもちさえある

智久の書き散らした紙の一枚に花火の輝きが赤や青の色を落とす。明かりを消した部屋からは華やかな光景が一望のもとに見渡せた。連なった提灯《ちょうちん》や篝火《かがりび》が川面に映り、幻のように揺らめいている。

またひと続きの花火が打ちあげられた。ドーン、バリバリという音に、岸に繰り出した人びとの遠いさざめきが一段と高くなって混じる。燃え残った火は彗星のようにいくつも川面に落ちていく。

いるドの。多では十組。のバ、ン

智久は窓の外と紙に交互に眼を移しながら、何度も首をひねった。

意味のある文の文字数が五十三。意味のない文の文字数が十五。足すと六十八になる。もちろんこれは『カード・ゲーム用語表』の項目の数に等しい。

68。

智久の頭にひっかかり続けていたのはその数だった。68＝17×4。つまり、それは十七の倍数であるということ。

全く無意味なのかも知れない。考えすぎといえばそれまでだろう。しかし智久はなぜかその思いつきから離れられないでいた。考えてみれば、『カード・ゲーム用語表』に含まれていた双子暗号のうち、第二のものは誰に対して送られたものでもないのだ。それは第一のものが園倉に対して送られたのとは全く対照的である。

いわば、第二の暗号は解かれるのを拒絶した暗号なのだ。それは誰でもない何者かへの告白としてある。この文が第一の暗号の傍らにひっそりと隠されていたのは、人間の行為すべてに理由を求める論法を通すならば、心理的なアリバイとしか考えられない。人を殺すことなど何とも思わぬ残虐な男が、道端で一匹の蜘蛛を踏み殺さずよけて通ったのも、心のなかに残ったひとかけらのやさしさのためでなく、同じ心理的アリバイだったのではないだろうか。

解かれるのを拒絶した暗号ならば、そこにはまだ拒絶されたままの意図が残っているかも知れない。まして、これまで明らかにされてきたように、異様なほどのパズル趣味の持ち主である詠子なら、それは決して考えられないことではないだろう。問題の俳句を作ったのは詠子なのだから。

十七とは俳句の字数なのだ。

俳句が四つ。つまり、68。

既に智久は夥《おびただ》しい枚数の紙を費やしていた。しかし結局は最初の並べ方に戻ってしまう。

わたしは
とがわさ
んのじさ
つをくい
とめよう
としたが

もうつか
れたいま
ではそれ
をてつだ
つてやり
たいきも
ちさえあ
るいるド
の。多で
は十組。
のバ、ン

智久の後ろで襖《ふすま》が音もなくあけられた。紙片の上に廊下からの明かりが落ちる。

「あ。姉さん。どうだったの」

典子は格子窓のそばにぺたんと腰をおろして、

「どうってことないわ。予想された線。——今すぐの話じゃないんだから、いずれ先生が戻ってからのことにしよう、ですって」

「そんなことだと思った。でも、姉さんは待たずにこっちから押しかけていくんでしょ」

「頃合を見てね」

典子はウインクしてみせた。

「で、これからみんな川に出るんですって。何だか私のこと、全然真剣じゃないみたい。失礼しちゃうわ」

「そりゃそうだよ。姉さんが結婚だなんて、おかしくってさ」

「どういうこと。……この美貌と成熟した体。どこを取っても、今まで結婚を迫られていないのが不思議なくらいよ」

「アッハハ……。それが不思議なら今度の事件なんて超難問だね。ホームズ、デュパンはおろか、オーガスタス博士や法水麟太郎《のりみずりんたろう》が束になってかかっても解けないよ」

「ふん。……で、どうなの。智久探偵としては」

典子は紙切れに眼を落とした。

「うん、それがね……」

「ダメのようね」

「早計はいけないよ。ボクの勘では絶対何かあるはずなんだから」

「どんなふうに行き詰まってるの」

「うん。……結局は17×4に並べたこの文字の列をどうにかするはずなんだ。そのどうにかが分からなくて……」

「でも、六十八個あるのは何もこの第二の暗号の文字数に限らないわよ。……例えば六十八個の用語の頭の文字とか、解説の文章の頭の文字とか……」

　しかしその疑問には智久は自信ありげに、

「それはないと思うよ。暗号を作成するとき、隠すべき文字を配置していくには、用語の頭とか解説の頭とかの部分だと、すぐ不自然になっちゃうから」

「じゃあ頭でなくても、特定の横の行でいいわけでしょ」

「それも――できないわけじゃないけど――可能性は薄いと思うよ。だって、このあいだ検討したところでは、文章のぎこちない点は九～十六文字目に集中してたでしょ。この第二の暗号以外の部分にそういった配置がしてあれば、もっと不自然な箇所は分散してると思うんだ」

「なるほどね……」

　典子は溜息まじりに言って、

「じゃ、どうするっていうのかしら。68を17×4に並べ換えたって、別に何がどうなるわけでもないし……。全部の文字を五十音順かいろは順で、決まった数だけずらしてみたらどう？」

「シーザー式スライド法だね。やってみたよ。ダメみたい」

「ヴィジュネル方式やグロンスフェルト方式でもなさそうね」

「とにかくこれだけ文意が通った文章なんだから、このなかにさらに暗号が隠されてるとなると、この六十八文字全部を使ったものではなさそうだよね。……すると、部分的な文字を拾っていく分置式が考えられる」

「窓板《グリル》方式ね」

「でも、その規則がさっぱり分からない。ボクらには何の鍵も与えられていないんだから。……もうひとつ考えられるのは、四つのうちのどれか横の行で、文字を並べ換える転置式……」

「アナグラムね」

「それにしたって、規則が分からないまま並べ換えても、それなりに意味の通る文章はいくらでも作れるよ。早い話、さっき試しにやってみたんだ。いちばん上の行の十七文字を並べ換えて、

電話の土を取ったものはレトルト

なんてね。とにかく、本当にいくらでも作れるんだから……」

「規則ねえ……。そういえば、あの俳句も二組のアナグラム俳句だったじゃないの」

「でも、それからも規則は……」

言いかけて、智久は眼を瞠《みは》った。

「姉さん！　あの俳句、思い出して」

「どうしたの」

典子は訝《いぶか》りながらも、協力して四つの俳句を思い出した。智久はそれを平仮名で紙に写し、奇妙な操作をはじめた。

それぞれの組の第一の句に、ひとつひとつの文字に対して番号を振る。そして第二の句では、入れ換わった文字ごとに振りあてられた数字を割り出していく。

1	2	3	4	5	6	7	8	9	10	11	12	13	14	15	16	17
あ	ふ	さ	わ	に	つ	た	そ	か	な	し	み	ら	き	の	む	こ
10	9	6	14	5	1	2	17	15	12	4	7	3	8	13	11	16
な	か	つ	き	に	あ	ふ	こ	の	み	わ	た	さ	そ	ら	し	む

1	2	3	4	5	6	7	8	9	10	11	12	13	14	15	16	17
ま	く	さ	は	に	も	す	な	き	つ	ひ	し	ゑ	る	て	そ	れ
つ	き	も	る	に	ま	く	れ	て	し	は	す	さ	な	ゑ	ひ	そ
10	9	6	14	5	1	2	17	15	12	4	7	3	8	13	11	16

数字はぴったり一致した。つまり、両方の組での文字の移動の仕方は全く同じだったのだ。

「智久……。これ」

「そうだよ。これが規則なんだ！」

智久は昂奮に声を震わせた。

「きっとどの行か、この規則によって並べ換えればいいんだ」

上から順にやってみる。念のため、左から読んだときと右から読んだときの二種ずつ。

一行目は意味のある文章にならなかった。二行目も駄目。三行目もデタラメな文字の列になる。

しかし最後の行に取りかかると、文字列は次々に隠された文を現わしていった。智久は鬨《かちどき》の声をあげた。

1	2	3	4	5	6	7	8	9	10	11	12	13	14	15	16	17
は	さ	さ	い	う	が	か	ま	れ	だ	り	も	あ	ド	で	。	ン
だ	れ	が	ド	う	は	さ	ン	で	も	い	か	さ	ま	あ	り	。
10	9	6	14	5	1	2	17	15	12	4	7	3	8	13	11	16

「誰がどう挟んでもイカサマあり！」

「やったわね」

　二人はしばしその文意について考えることも忘れ、第三の暗号を解読できた快感に酔いしれていた。結局、『カード・ゲーム用語表』には双子暗号が隠されており、しかもその片方は子持ち暗号だったのだ。

　そしてその快感は同時に、ここまで複雑に暗号を張り巡らせた詠子の不思議な才能に対して舌を巻くことでもあった。この情熱は何なのだろう。解かれることを拒絶した暗号によって、なぜこれほどの告白の意志を表現しなければならなかったのだろう。二人はその点に思い至ると、膚寒いものさえ感じずにはいられなかった。

　川にそって歩きながらも、二人には空を彩る花火や賑わう夜店など眼中になかった。

　イカサマとは何か。

言葉を交さずとも、互いに頭にあるのは同じ疑問だった。そしてその疑問は今ようやくにして、様ざまな事柄を結びつけつつある。

「イカサマというと、やっぱり例の夜に行なわれたコントラクト・ブリッジのプレイと関係あるんでしょうね」

典子はそう低く囁く。

「うん。ボクもそう考えてたんだ。園倉に作為的な敗北を依頼したことなんかじゃない、もっと別なイカサマ――」

「だとすると、残されていたいくつかの小さな疑問が結びついてきそうだわ。天野さんが気づいた♠Qの頰の黒子があとになって消えていたこと。詠子の屍体のそばに落ちていた♠J。そしてプレイのあとで詠子が激昂して叫んだ言葉――『知ってたのね。やっぱり』……」

「そうなんだ、姉さん。そのはずなんだよ」

真紅の巨大な花火が開く。それはいったんひろがってから黄、緑と色を変え、最後に青い球となって四方を照らした。今までで最も強烈な爆烈音に智久はぴくりと体を揺すらせた。

「だけどどんなイカサマなんだろう。……誰がどう挟んでも――」

「私、こう考えてみたの。ここでいうイカサマは詠子じゃなく、戸川が使ったんじゃないかって」

「というと？」

智久はびっくりして訊き返した。

「つまり、詠子は園倉に負けるように頼んだでしょう。でも、実際は戸川の組が勝ってしまった。――その逆転は戸川がイカサマを使ったからこそなし得たんじゃないかしら」

「あの奇蹟的なグランド・スラムが？……なるほど。頷けないこともないけど」

「そう思わない？　だって、やっぱりあのスラムは変よ。『悪魔のクー』だっけ。あのハンドを躊いもなく達成しちゃうなんて、まるでカードの分布状態が最初から分かってたみたいじゃないの」

「……確かにそうだ」

「そこにイカサマがあったのよ」

「でも、どんな」

智久は首をひねる。屋台の店の連なる上にひときわ眩しいアーク灯がぶらさがって、そこに大きな蚊柱が立っていた。

「恐らくそこまでの確実さでプレイができるとなると、カード全体のすり替えだと思うわ。そう考えれば何となく♠Qの黒子が消えたのも説明がつきそうでしょ」

「デックごとすり替えちゃうって？　そんなこと、イカサマのプロじゃなきゃ無理じゃない」

「そこが問題ではあるんだけど……」

典子はゆるゆると視線を泳がせる。智久もそれにつられて、いくつもの夜店に注意を向けた。

様ざまな店がある。綿飴。タコ焼。花火。カルメ焼。金魚すくい。面。アイス・クリーム。雑誌のおまけ。玉蜀黍《とうもろこし》。古道具。竹細工。風鈴。風車。……そのなかに細ごまとしたおもちゃの店があった。周囲の店ほど人だかりはない。

そこの香具師《やし》は五十がらみの胡麻塩頭の男だった。子供たちの前で紙相撲を演じてみせている。小さな土俵のはじを指でトントンと軽く叩きながら、何やらべらべらと口上のようなことを喋っていた。

智久の眼はなぜかその場に吸いつけられた。

紙の力士は指の動きにあわせて踊り、ヨチヨチと組み合って、そのうち片方が耐えきれなくなったように転がる。力士を替えての対戦。再びヨチヨチと組み合う。たまには両者が一度に倒れる。同体、取りなおし。

指でトントンと。

智久のなかで一条の閃光が迸《ほとばし》った。

「あれだ!!」

その声に驚いたのは典子で、

「何よ。どうしたの」

「指でトンと叩くのはノー・カットの合図——天野さん、ずっとそれを押し通してたね。あれは天野さんの癖なんだ。本当はああいう杜撰《ずさん》なことはいけないんでしょ。あの癖を利用すれば、イカサマはプロでなくても簡単にできるよ。つまり、デックのすり替えはカット以前にやっておけばいいんだ」

「そうか。すり替えたデックを天野さんにカットさせればいいわけね。天野さんはいつもノー・カットだから、思い通りのハンドが安心して配れる……」

「順序立てて考えてみようよ。そのためには、戸川は天野さんの左隣りにいなくちゃならない。……まず、前の回では天野さんがディーラーで、そのときに天野さんの向かいにいる詠子が前々回のカードを集め、シャッフルしておいて、そのデックを戸川の左側に置くよね。天野さんはその間にディールし終え、プレイがはじまる。……このプレイが終わり、戸川がディーラーになるまでのあいだに、詠子の準備したデックをイカサマのデックとすり替えちゃえばいいんだ。これは決して難しいことじゃないよ。だって、ほかの人たちはプレイに気を取られてるし……」

「そうね。大丈夫。できそうだわ」

「きっと戸川の上着のポケットには、スラムのできるハンドが仕組まれたデックが赤と青の二種類、常に用意されてたんだ。通常の対戦ではなく、いつとも知れぬパートナーを組み換えての対戦のときに備えてね」

「二度目の大逆転スラムはあの夜のいちばん最後のプレイで行なわれたわよね。天野さんが黒子に気がついたのはその最中で、それが後日消えていたということは、戸川はプレイのあと、詠子の消失が起こる前にイカサマのデックを本物のデックと再び交換しておいたんでしょうね」

「そうだよ。そして詠子の屍体のそばにあった♠Jはイカサマのデックのカードじゃない？　ほら、『悪魔のクー』の最後のほうでは詠子が♠J、天野さんが♠Qをハンドに残してたでしょ。その♠Jだよ」

二人は熱に浮かされたように言いつのった。

「とすると、分からないのは『誰がどう挟んでも』という文章と、詠子の『やっぱり知ってたのね』という言葉――」

「ね、ね、ねえ。こんなふうに考えちゃいけないかな」

いったん堰《せき》を切って奔逸《ほんいつ》した流れは、智久の思考を止めどなく回転させた。

「もう一度逆に考えるんだ。イカサマをやろうとしてたのはやっぱり詠子だったって」

「え？」

典子は眼をパチクリさせる。智久は続けて、

「誰がどう挟んでも――つまり、詠子の左右を挟むのが戸川と園倉のペアであろうと、戸川と天野さんのペアであろうと、どちらにしてもイカサマは可能だということじゃないかな。……戸川と園倉が組んだときは園倉がわざと負けてくれるのでイカサマが成立する。また、戸川と天野さんが組んだときはさっきの方法でイカサマをすることができる。どちらの場合でも詠子は勝てる見こみがあるわけだよ」

「うん、納得だわ」

「さて、実際は戸川と組んだのは園倉だった。詠子は天野さんと組んじゃったために、デックの交換によるイカサマこそできなくなったけど、園倉がわざと負けてくれるからと、安心してプレイにはいったはずだよ。ところがそこで思いがけず、デック

交換のイカサマを戸川が使ったんだ。詠子はそれに気づいて、思わず激昂して言った。『やっぱり知ってたのね。そんなに死にたいっていうなら勝手に死ねばいいんだわ！』……と」

「お見事！」

典子は有頂天だった。これで謎は思いのほか収束に近づいただろう。まだまだ壁は立ち塞がっているに違いないが、ともあれずいぶん整理されてきたのは確かだ。小説自体の持つ謎は別として、小説の枠組のなかでの謎はもう少しで解明されるに違いない。

次の日二人は自宅に戻ると、早速小説の描写と自分たちの推理とをつきあわせた。スラムの行なわれた五回目のラバーでは、確かに戸川の右側に天野が位置している。間違いない。二人が小躍《こおど》りして喜んだのは言うまでもなかった。

♠K　遠近のない透視画

智久はいつか知らず、天野の書いた小説には後編が添えられるべきだと考えはじめていた。そうでなければ、この小説にこめられた意図はついに完成を見ずに終わってしまうだろう。

「姉さん。何となくつかめたような気がするよ、天野さんの言葉の意味」

「何のこと？」

「ほら。この小説にはフィクションと言っていい部分があるって」

智久は典子の部屋にはいって、そう言いながら腰をおろした。眼もとに疲労の色が見える。

「そういえば確かにそんなことを言ってたわね。何のことかさっぱり分からなかったけど」

「それを考える前に、章ごとにどんな内容が描かれてたか、表を作ったから見てよ」

A　2・3・Q・Kのそれぞれの時期
2　8章で見つけた燃え残りの文章
3　詠子の作った俳句に関する会話
4　遊戯室の二階で物音
5　狂人の話　須堂との対話
6　ブリッジのプレイ　薬缶《ホーン・ケトル》の音

7　消失の顚末を須堂に語る
8　戸川の部屋　燃え残った紙
9　遊戯室で園倉と事件を語る
10　詠子の死　双子の建物の由来
J　詠子の心理分析
Q　カード・ゲーム用語表
K　コントラクト・ブリッジ用語表
Joker　天野自身の回想

「ざっとこういうことだけど、このなかで10章の記述はちょっと異色なんだ。その最初と最後を読み返してみれば分かるけど、ここで描かれてるのはまさに《ある内容の文章が天野さんによって書かれたこと》そのものなんだよ。だから、《そういうことが書かれた》のは事実だとしても、そこに書かれた内容まで事実かどうかは保証の限りじゃないんだ。つまり、この章の実質的な内容はフィクションかも知れない。……で、10章の内容を帳消しにするってことは、結局どういう事実を消し去ることだと思う？」

「……つまり、詠子が屍体となって発見されたなんてことは作り話で、実際はまだ行方不明ってこと？」

その答を予測していたかのように智久はにっこりと微笑んで、

「果たしてそれだけかな？」

「それはもちろん10章の内容すべてにかかってくるけど、結局のところ、肝要な一点といえばそれだけじゃない？」

「ところが――ああ、何てことだろうね。もっと重要な点が違ってくるんだ」

「もっと重要な……？」

智久はゆったりと息を吸って、

「あのね。この小説から10章を取り除いて見なおすと、そもそも《密室からの人間の消失》という出来事自体、事実である根拠を失っちゃうんだ。そんな事件なんて、まるで起こっていないかも知れないんだよ」

「どういうこと？　10章以外に描かれた内容はすべて事実と見なしていいんじゃなかったの」

「それが姉さん。6から9のどの文章にも、あの事件が実際に起こったものだとは一言半句たりとも書かれちゃいないんだよ」

典子はその言葉の意味するところが分からず、眉を寄せる。

「いい？　二十二日の夜にブリッジが行なわれ、そのあとで、ひとりでに薬缶がコンロにかけられていたという奇妙な出来事が起こったのは確かに事実だよ。だけど、小説が実際の出来事として提供してくれるのはそこまでなんだ。あとはみんな7章で、天野さんが須堂さんに、これこれこういう事件が起こったと会話のなかで説明してるだけじゃない。つまりさっきと同じ理屈で、そういう話を須堂さんに喋ったのは確かに事実なんだけど、小説はその話の内容が実際のものかどうかまでは保証してくれないんだ。

それはそのあとの章でも徹底してるよ。9章を見ても、園倉と天野さんとの会話のなかで触れられているのは〝薬缶〟と〝詠子の失踪〟についてだけで、〝密室からの消失〟なんてものは全く出てこない。……結局のところ、〝三人が戻ってくると遊戯室は密室になっていて、それを破ると詠子が消えていた〟というのが全く天野さんの作り話だったとしても、『この小説は実際の出来事しか描かれていない』という原則には何ら抵触していないんだよ。

つまり、こういうことさ。天野さんは実際に起こった出来事の上に不思議な仮想の事件を扮飾し、それを須堂さんに喋っただけなのかも知れない。詠子が失踪したのもゲームの行なわれた当夜かどうかさえあやふやになってくるんだ」

「なあるほど。分かったわ。要するに、この小説が事実として示す内容は単なる失踪事件でしかないわけね。巧妙な叙述トリックだわ」

典子は大きく体を仰反らせた。しかし智久はその体を追いかけるように身を乗り出し、

「でも……ボクにはひとつだけひっかかる点があるんだ。それは9章の密室トリック分類に触れている部分だよ。この部分の最後には『そういったことを考えていたのではなかった』と書かれてて、もちろん叙述トリックの補強になってるには違いないんだけど、でも、何となく念が入りすぎてて、かえって馬脚を現わしかねない書き方でしょ。だってここはこんな言いまわしをしないで、『そういったことを考えていた』とすんなり書いておいてもそのまま叙述トリックになってるんだから」

「それはそうよね。どっちにしろ、私があの部分に書かれた密室トリック分類法を天野さんに教えたのは事実なんだし……」

言いながら典子は体を戻す。二人の頭がくっつきあわんばかりに近づいた。

「でも、それはいったいどういうことなの？」

「分かんない。叙述トリックのためだと見る限り、どうしても不自然なんだ。……ひ

ょっとしてここにはもうひとつ別の意図が隠されてるのかな」

「じゃあ、いいわ。とにかくそういった叙述トリックがあるとして、実際のところはどうだったのかしら」

しかし当然の疑問である典子の言葉に、智久は魚の骨でも咽に刺さったような、奇妙に困惑した表情を浮かびあがらせた。

「どちらかを決定するのはある意味この上なく簡単だよ。要するに園倉か戸川に直接ボクらが会ってみればいい。……ただ、どうなんだろう。それはやっぱりルール違反ってことになるのかな」

その想いは既に典子のなかにもひっそりと息づいていたのだろう。二人のあいだにしばしの沈黙が割りこんだ。

「……不思議ね。最初は描かれた事件の謎が問題だったはずなのに、どんどんそれがずれていって、今では作者である天野さんの意図がいちばんの問題になっている……」

「ボクはこう思うんだよ。これは天野さんにとっての切り札なんだと」

「切り札？」

典子は意外な言葉にポカンと口を開いてみせた。

「そうだよ。推理ゲームを終わらせるための切り札。――天野さんは是が非でも、ボクらにこの小説の上だけで謎を解明してほしかったんだ。そしてその原則が破られそうになったときや、ゲームが袋小路にはいりこんでしまったときのために、天野さんは終了宣言のカードを用意してたんだと思う。つまり、これは天野さんにとっての最終安全弁だったのさ」

しかし智久がそこまで言ったとき、

「だったら何もそんな叙述トリックなんか持ち出さなくっても、『あの小説自体、みんな僕の創作だったんだ』のひと言ですむじゃない」

そんな疑問が挿まれた。

「姉さん、そりゃダメなんだ」

「どうして」と、訝しげに典子。

「だって、そんな言葉でボクらが納得すると思う？　絶対しないよ。事件をフィクションにしてしまうには、どうしてもそれ相応の強力な仕掛けが必要なんだ。天野さんは考えに考えてこの叙述トリックを思いついたんだと思うよ」

その説明に、典子はたやすく前言を撤回した。

「ただ、天野さんにとっての不幸は――不幸かどうかよく分からないけど――小説全体の真偽なんてことをボクが持ち出してきちゃったもんで、切り札が効力を失いそうになったことなんだ。そのために天野さんは何も言えない奇妙な立場に追いこまれてしまった。とはいえ、謎は解明してもらわなくちゃならない。……だから天野さんが叙述トリックのことまで仄めかしたのは、やっぱりあの事件がフィクションじゃなかったからかも知れないね」

「凄いわ、智久。あんた、ひょっとしてやっぱり天才かしら」

「驚くべきは須堂さんだよ。あの人はずいぶん早い時点で、ちゃんとすべてを見抜いてたんだから……」

智久はニコリともしないで、宙空に視線を泳がせた。

「さて、そういうわけだから、もう一度天野さんの意図通りに考えてみようよ。つまり、消失から死に至る事件は実際に起こったこととしてね」

「事件のほうで残っている大きな謎は詠子の死が自殺か他殺かという点。それと密室からの消失トリックは誰が、何のために演じたのかという点の二つね」

「それについては今ボクが喋ったことをもう一度逆に考えてみる必要があるんだ」

間髪を入れぬ智久の言葉に、典子はぎょっと眼を見開いて、

「もう一度、逆に？」

「そう。なぜ天野さんはあれほどまでして、ボクらに小説の上だけで謎を解明してほしかったのか」

「どういうこと」

「つまりそれは事件が公開されることを断乎阻止する態度でしょ。あれだけきっぱり阻止に向かうにはそれ相応の理由があったんじゃないかと思うんだ。それはこうだよ。天野さんにはプレイの裏で行なわれていたものの正体や、密室からの消失トリックなどは分かっていなかったけど、詠子の死が自殺である点に関してだけは確信があったからじゃないかって……」

「何ですって！」

眼が眩《くら》むのを払いのけるように、典子は激しく頭を振りながら叫んだ。

「考えてもみれば、天野さんほどの精神科医だもの。園倉か戸川、あるいはその両者が殺人を犯してたなら、それがアンテナにかからないはずがないと思うんだ。まして天野さんは催眠術の腕も一級品だよ。従って、この事件を公開させなかったのは二人からはそうしたものを引き出せなかったせいだと思う。それはとりもなおさず、詠子の死が自殺だってことでしょ。だけど天野さんにはその背景となるものは分からなかったので、それをボクたちに推理させようとした……」

その説明に耳を傾けながら、もう典子はひたすら唸り続けるばかりだった。

「自殺と考えれば、廃屋のほうは密室トリックなんて考える必要がなくなるよね。そもそも警察が調べて自殺と断定したんだから、素直にその見解に従うのが正解だったわけだよ」

「じゃ……消失トリックのほうはどう考えるの。あちらは誰かの手助けが要るはずでしょ」

「ボクはあれも詠子一人の仕業だと思うよ。クーラーを使うトリックならその仕掛けをあとで取り去った人物が必要になるけど、実はボク、そんな必要のないトリックをやっと見つけたんだ」

典子は驚きの連続に息をつく暇もなかった。

「ロックのスライド部分の滑りが非常にスムーズなら充分可能だよ。トリックに使われたのはたった二枚か三枚のカードなんだ」

智久はそう言って唇を湿し、

「日本の紙製のカードじゃ無理かも知れない。でも、本場アメリカの『バイスクル』あたりのカードとなると、その特徴のひとつが非常に優れた弾力性なんだよね。上の端と下の端をくっつけるほど曲げても、指を離せばぴんと元に戻るくらい、しなやかで腰が強い。これならちょっとしたバネ代わりに使えるよね。……まず、一枚か二枚のカードを今言ったように大きく曲げて、その先をスライドする金具の尻に挿みこむ。このままだと金具がバネの力でとび出してしまうから、もう一枚、別のカードで金具の頭を押さえてやる。バネの力ったって、所詮はカード。その力はたかが知れてるから、一枚のカードでも、ほんの心もち弓状に曲げれば充分支えになるよ。……さて、そうやって金具の頭を押さえたまま、自分はドアの外側に体を移す。そしてゆっくりドアを閉めていく。金具の頭が壁のへりの内側にまで達したとき、支えのカードを抜き取ってやれば、金具の頭は壁のへりで止まる。あとはそのままドアノブを引っぱり続ければいい。金具の頭はへりを滑り、差しこみ孔に達したとき、バネの力で自然にその孔にはまりこむ。すると今度はそれまで曲げられていた状態のカードが伸び緩むことによって、挿まれていた力を失い、自動的に床に落ちる。……ね。金具の滑りさえよければ充分二、三枚のカードで足りると思うよ」

「そうか、そうか。分かったわ。遊戯室のドアを破ってはいったとき、床には数枚のカードが散らばっていた。――それはトリックに使ったカードをごまかすためのカムフラージュだったのね」

「そう。そしていっぽう、金具押さえ用のカードはそのまま部屋の外へ持ち出される

「……」

「それが♠Jだったんだわ！」

典子は音高く指を鳴らした。

「そうだよ。すべてすっきり説明がつくでしょ」

「なるほどねえ……。まさかカードが密室トリックに使われたなんて、ちょっと思いつかないものね」

「さて、そうなると残る問題は、詠子はなぜあんな不可思議な状況を構成した上で死ななければならなかったのかという点だね」

「そうよ。だいいち、自殺したがっていたのは戸川だったでしょう。それなのに、実際に自殺したのが詠子だったというのは……」

それにも智久は落ち着き払って、

「それこそがこの事件のなかで最も興味のある点だよね。その理由を推察するためには、やはりもう一度逆に考えてみるのがいいと思うよ」

「逆に……？　今度は何よ」

「確かに自殺したがってたのは戸川のほうだった。だけどその戸川は今どうしてる？　賭けにも勝ち、自殺を喰い止めようとしていた詠子も死んでしまったからには、すぐにでも自殺に走るはずの戸川は……」

「そういえば、そんな気配はないみたいね」

「どうしてだろう」

そう答を促され、典子は腕組みして座りなおした。

「それは、詠子があんな死に方をしたものだから、自分のほうは死ぬに死ねなくなっちゃったんじゃないかしら。あんな謎を眼の前に突きつけられたままじゃ、なかなかそういう心理になれないんじゃないの」

言いながら、典子ははっと眼を丸くして、

「詠子の望みは、戸川の自殺の阻止――」

「そう！　まさにそれだと思うんだ。詠子は戸川の自殺を喰い止めるために自殺したんだよ」

智久はひとつ咳をして、

「いくらイカサマを用意したって、賭けは賭けだから、どんなことが起こるか分からない。実際、セットアップ・デックのイカサマを使ったのは戸川だったものね。……で、詠子はそのときのために、自分の生命までも賭《と》した阻止法を用意してたんだ」

「それもまた、切り札だったってわけ？」

「うん。できればもちろん詠子もそんな切り札を持ち出したくなかっただろうけど、戸川がイカサマを使ってまで賭けに勝った事態に直面して、最後のふんぎりがついたんだと思うよ。『死ねばいいのよ』って言葉は、だから半ば自分自身に向けられた叫びだったのかも知れないね」

「二つのイカサマのぶつかりあいが、二つの自殺のぶつかりあいを招いたってわけね」

「すべては戸川と詠子が知りあった頃からはじまったんだ。なぜ戸川が自殺に傾斜し続けてきたのか、そこまでは分からないけど、そういう人って案外いるんじゃないのかな」

「じゃ、薬缶はどうなるの。……結局、詠子が誰か別の人間を使ってコンロにかけさせたってこと？　でも、それだと例によって理屈にあわない点が出てくるわ。賭けがいつ行なわれるか詠子には分からなかったんだから、その人物はゲームが行なわれるすべての夜にそばにひそんでいなければならないわよ」

「その人物が園倉のごく近くに住んでたとしたら？　呼び出すだけなら簡単だよ。四回目のラバーで、自分がダミーになったときにでも電話をかければいい」

事もなげに智久は返す。典子は一瞬ポカンとして、

「……そんなのって、あり？」

「だってそれ以外に考えられないじゃない。時間打ち切りを言い出したのは詠子だし。……それともひょっとして、湯沸かし器の種火が呼び出しの合図だったのかな。協力者の部屋から台所の窓を通して種火がよく見えた、なんて——ちょっと考えすぎかなあ」

「でも、詠子は勝てるはずだったわけでしょ。それなのにわざわざ……」

「だからもちろんこれらは念のための工作だったんだ。現に詠子は負けちゃったじゃない。詠子が勝ってれば奇怪な出来事として終わっていたはずの工作が、この時点で生きちゃうことになってしまったんだよ」

「……じゃ、あの双子の建物のことはどうやって知ったのかしら」

典子は首をひねる。

「さあね。……多分、イラストの資料でもあさってるときに偶然発見したんじゃないかな。建物の写真集とか何かから……」

「あの建物がなかったら、詠子の企てた現象から不可思議な要素が半減してたでしょうね」

「そうだよ。ボクは思うんだけど、きっと詠子が今度の奇妙な自殺を思いついたのもあの廃屋の存在を知ってからじゃないかな」

「これから戸川はどうなるのかしら……？」

典子はその点に想いを馳《は》せて、かすかに肩を震わせた。自らを死に至らしめてまで恋人の自殺を喰い止めようとした執念。自殺もできなくなった戸川はその執念を背中に負って、いったいどうやってこれからの生を歩むことができるというのだろう。

「何だかひどく残酷だわ。ひょっとして、これは一種の復讐じゃないの……」

その呟きに、智久は眉を曇らせて典子の顔を見なおした。

「復讐って？」

「戸川の自殺を喰い止めるために自分の生命を投げ出したっていうと、いかにも美談らしく聞こえるけど、その実、詠子の心の底には戸川に対する憎悪が渦巻いていたとしたら。彼女に背を向けて死ばかり見つめ続けている男に、いつしか殺意よりももっと残酷な復讐の炎が燻《くすぶ》っていたとしたら。……そうよ！　クイーンの眼差しに背を向けた♠J……」

「姉さん」

智久もぶるっと全身を震わせた。

「そんなこと夢にも思わなかった。やっぱり女の考えることって、凄いや」

再び長い沈黙が舞い降りる。智久は部屋の隅ずみに視線を巡らせた。明るい雰囲気に配色された典子の部屋。

この部屋で二人はかつてどれほどの議論を繰り返してきただろうか。今度の事件に限らず、現実やフィクションに対して傾けてきた熱っぽい推理の数々。それはこの部屋のなかに残留し続け、いつしかこの部屋そのものとぴったり重なっていたのかも知れない。あるいはすでに臨界量を超えて、この空間からもはみ出そうとしているのだろうか。

「ねえ。智久」

不意に典子は思い出したように表情を変えて、

「こうして考えてみたけど、やっぱり何となくしっくりこないわ。私たち、いったい何を解明したっていうの？　この小説が本当に指し示そうとしている部分はもっと別のところにあるんじゃないのかしら。私、天野さんの意図が分からないの。あんたが指摘した9章の記述だって、考えれば考えるほどおかしいわ。かえって叙述トリックを仄めかすような書き方をどうして天野さんはしたのかしら」

「うん、そこね……」

智久はいささか疲労の色を浮かべて、

「そこはどうしても分かんないね。もしかすると、詠子が用語表の暗号に告白めいた文章を組みこまざるを得なかったのと同じような意味あいで、天野さんもそんな部分を書かずにいられなかったのかも知れない。あるいは、もしかすると、そこにこそもうひとつ別の意図が隠されているのかな」

「二種構造の叙述トリックってわけ……？　何だか、私たちのいるこの空間と事件のあった空間をスッパリ別の世界に切り離そうとしてるような書き方だけど……」

「そう。……そうかもね」

智久は力なく頷いて、

「正直頭が痛くなりそうだよ。ただ、天野さんにとってこの小説は単にボクたちに事件の謎を提供するだけのものじゃないのは確かだよね。そのことはむしろこの事件をフィクションだと解釈したほうがよりくっきり浮き彫りにされるんじゃないかな。精神科医の天野さんの筆によるものだからこそそうなんだろうか。もしも事件のほとんどがフィクションだったとしたら、ここに描かれたものは何だろう。ねえ、ひょっとしたら、それは天野さん自身の精神世界の縮図じゃない……？

そうなんだよ。天野さんの仕組んだ趣向は詠子の暗号の仕掛けと、おかしなダブル・イメージを持ってるでしょ。結果的に解かれた謎とこの小説自体の重なりあい。

……これは何に由来するんだろうね。だけどともかく、そうした不思議な相似があるからには、ボクにはこの小説が天野さんの奇妙な告白として見えちゃうんだよ。詠子、戸川、園倉……そうしてあの猿使いの患者までもが、まるごとひっくるめて、みんな天野さんの分身みたいに思えるんだ。この上もなく風変わりな自殺を中心とした、遠近のない透視画みたいに……。ああ、ボクはいったい何を喋ってるんだろうね……」

Extra Joker 手紙

拙稿《せっこう》に付して戴いた作品――とお称びしてよいものかどうか――拝読しました。全体を通して、貴方《あなた》がたの推理能力・分析能力には驚嘆のほかありませんでした。少し事件そのものから離れたお喋りをさせて戴くなら、貴方がたこそ言葉の十全な意味での心理学者、精神分析家でなければなりません。それは拙稿と貴稿を対比するとき、全く明らかです。洞察力を持ちあわせぬ人間が精神に関する領域に携わる。不《ふ》遜《そん》な言い方をすれば、それこそがどうしようもない矛盾なのです。

無論、その図式が人間の精神に関する学問的技術的領域に従事するすべての人びとにあてはめられるものでないことは明言しておかなければなりません。ことごとく、私という個人的レベルでの発言とお受け取りください。

ただ言えることは、今の精神医学は根本的に無力なのです。優れた人びとが優れた仕事をし、現場の状況も改善され、ある程度の業績もあがっている。けれどもやはり、根本的に無力なのです。

この無力感を何と表現してよいものか。治療の効果があがる——端的に言えば患者たちの病気が治る——かどうかなどといった現象的な事柄とはほとんど相関関係を持たない無力感。それはつまり、私たちは彼らをどれだけ理解し得たのだろうという自問に似たものと言えば近いかも知れません。

そうなのです。私たちは彼らの内面に渦巻く生々しい世界をどれほど理解できるというのでしょうか。私たちは彼らに何十遍、何百遍と繰り返す。……そんなふうに考えるのはおかしいですよ。そんなことをすると笑われますよ。そんな見方は歪んでますよ。そんなものはみんなあなたの気のせいですよ。……けれどもそういった言葉のひとつひとつがいかに彼らの求める真の救済から遠いものであるか、私たちは眼も眩むほど自覚せざるを得ないのです。

症状が出れば薬で抑えるのを筆頭に、私たちのすべきことはひとつなのです。誤った考え方を指摘する。論理的な堂々巡りを截《たち》る。無意味な妄想を否定する。ねじれた世界観を打ち壊す。奇妙な幻覚を消し去る。理屈にあわぬ言動をやめさせる。そしてこれらすべて、異常なものを封じこめようとする作業と言わねばなりません。

これらの指針に彼らは時には驚くべき順応性を見せる。そしてうまくいけば、治療されたということになるわけです。

彼らの渇望を裏切り続けることによってなされる治療。

私は疑ってみるのですが、引き裂かれた人格として捉えられた狂気像——分裂症という名称そのものが何よりも如実に示していますが——は、あくまで正常者を統一のとれた人格と見なす正常者側の論理でしかない。けれども実は引き裂かれているのは正常者といわれる人びとの精神であって、むしろ分裂症患者においてこそ矛盾なく融合しあっているのではないでしょうか。

とまれ、私たちは何も知り得ない。彼らの内面世界をほとんど何も知り得ないのです。闇雲にひとつの形式を押しつけて、それで幾許《いくばく》かの治療効果をあげてみたところで、私たちの無力感は消し去られるものではないのです。恐らくそれは私たちが人間であり続ける限り、ついに永久に消し去られることはないでしょう。

そして私たちが無力感に噴《さいな》まれ続ける限り、彼らは既に彼らではなく、私たちを含めた存在であるのです。なぜなら分裂症とは人間と人間とのあいだにおいてのみ存在する病気だから。彼らを理解し得ないならば、私自身も彼らと同じ場所に立っているに過ぎない。少なくとも病院という空間のなかでは私は一人の患者でしかないのです。

既に貴方がたには洩らしたことがある。「仕事が終わって病院の門をくぐるとき、肩から重い荷物がおりるような気がする」のは、私自身の狂気を映し出す鏡からの解放であるからなのです。

無論、鏡からの解放であって、狂気からの解放ではない。

人間は人間をどこまで了解できるのか。とりあえず、この凡庸な洞察力しかない私自身にとって、了解とはいったい何だったのだろう。

小説に立ち戻って言えば、貴方がたの推察通り、確かに私は沢村詠子の死が自殺であることだけについては確信がありました。あの夜のプレイの裏に何か賭けのような取り決めがあることも想像はつきました。

でも、それだけだったのです。

ほかには何も分からなかった。

見事なくらい、私は了解不能の状態にありました。従って、あの小説にもしも狂気じみたものが漂っていたとすれば、それは私自身の狂気にほかならないのです。私の眼の前で人が狂っていくならば、それは私自身の精神の崩壊でしかないでしょう。あのとき救済を求めていたのは、誰でもない、この私だったのです。

小説を書くきっかけとなったのは猿使いの患者の話でした。彼の言葉をヒントに、私もちょっとした賭けをやってみたのです。二重三重に予防線を張り、心理的アリバイのオブラートにくるんで、事件の謎を貴方がたに提示してみせたのでした。

結果は思いがけないものでした。貴方がたは事件のほぼ全貌を明らかにしてしまったばかりか、私の巡らせた予防線までも踏み越えてしまった。

勘違いなさらないでください。思いのほか、これは私にとって、最上級のやさしい告発だったのです。

須堂君の言葉、そして貴方がたの付してくださった後編は、自閉しかけた私の心への爽快なほど痛烈なビンタだったことでした。

今にして思えば、自殺願望を抱いていた戸川君とそれを阻止しようとしていた詠子さんの図式はそのまま私の精神のありようだったのです。そしてもうひとつ思いあたるのは、表面的にはその図式を保ちながら、実は本当に心の奥で自殺願望が渦巻いていたのは戸川君ではなく詠子さん自身だったのではないかと――。

ひとつ興味深い暗合を示しておきましょう。詠子さんが部屋から持ち出した♠Jが俗に「片目のジャック」と称ばれることはご存知でしょうか。けれども横顔で描かれたジャックはもう一枚、♥Jがあります。二枚のジャックを較べてみるとき、♥Jは大きなハートのマークを見つめ、♠Jはスペードのマークに背を向けているのに気がつきます。つまりジャック（若者）は愛情（♥）に執着はあっても死（♠）には頓着《とんちゃく》がないことを示すのだそうです。

ともあれ、詠子さんは自身のなかでこそ自殺願望が渦巻いていたとはほとんど意識していなかったでしょう。しかし、それは確実に巨大なものへとふくれあがっていたのです。詠子さんが自由な時間をすべて犠牲にしてまで戸川君の自殺を阻止しようとしたのも、実はそういった心理の裏返しだったと言うことができましょう。

そして、それはさらにもう一度裏返った。

確かに詠子さんの読みは鋭いものでした。自殺を阻止するための自殺。しかしそれはあくまでも自分の死を彩る最後の心理的アリバイでしかなかったでしょう。従って、それは同時に、この上なく残酷な復讐でもあったのです。

たったひとつ、貴方がたの推理には不完全な部分がありました。

それは私が用意した第二の予防線についてです。

貴方がたの世界と事件のあった世界を切り離そうとしているという指摘は確かに正しかった。けれどもその二つは空間的に分離しているのではありません。時間的に分離しているのです。

つまり、あの事件は今から一年前に起こったものなのです。従って、あの小説には一年前の出来事と現在の出来事とが重ねあわせて描かれているのです。

一年後の今、園倉は元気でいます。

そして戸川君は——。

もう言ってしまいましょう。猿使いの患者というのは戸川君なのです。

彼はあの事件以降、無理矢理に死と対峙《たいじ》させられ、死に押し潰され、そして自殺の理由を手に入れるために奇妙な妄想まで組み立てて、そしてようやく先日、病室の窓から首を吊って死んだのでした。思えば詠子さんの遺作となった絵に描かれた、巨大な男の首に巻きつく蛇はこれを暗示していたのかも知れません。

戸川君に死なれたあの時点では、私は完全に均衡を失っていたようです。貴女《あなた》を海に誘ったりしたのも、バランスを取り戻すための必死のあがきだったと解釈ください。

さて、ビンタを喰らった私はこれから何をどうすべきなのでしょう。

私の前には茫漠とした光景が続くばかりです。

ただ、今はやはり《切り札》と称んで戴いたカードをオズオズと裏返しておくことにしましょうか。

あの事件はすべて、架空だったのだと。……

麻雀殺人事件

白の棋士と別れて次のブロックへの道をとぼとぼと歩いていた智久は、ふと大きな溜息を聞きつけて振り返った。道端に全身黄色と黒の縞模様の着ぐるみがいた。蜂だ。それもどうやら雀蜂らしい。大きな木の切り株にぐったりと腰かけ、頬杖の手からずり落ちんばかりに項垂《うなだ》れている。しかもその頭には妙ちくりんな大きなカツラまでのっかっているのだ。もうハロウィンは何日か前に終わってるのにな。そう思いながら智久は「どうしたの？」と声をかけた。

「ああ」

雀蜂はゆるゆると顔をあげて、

「聞いてくれるかい、坊や」

その悲しげな声に、智久は「いいよ」と、隣の木株に自分も腰かけた。雀蜂が被っているカツラは揺らめく海藻のように縺《もつ》れ逆立って、近くでよく見ると、どうやら麻紐を練《ね》り固めたものらしい。

「どうしたの」

改めて訊くと、

「恐ろしいことがあったんだよ。それも、世にも不思議なね」

前置きするようにそう言って、ぽつぽつと語りだした。


ハロウィンの夜だった。登場するのは雀蜂のほか、ライオン、ユニコーン、三月兎、帽子屋の五人。彼らは三月兎の家でお茶会を催した。

「それにしても、お前のそのおかしなカツラは何なんだ」と、雀蜂の頭を眺めながら三月兎。

「頭に麦藁を巻きつけたお前なんぞに言われたくはないな」と、雀蜂もやり返す。

「あなたたちのおかげで、この立派な角の引き立つこと」と、自慢するユニコーン。

「おいおい、あんまり首をあっちこっちに振るな。危なくてしようがない。角なんかよりこの燃え立つタテガミが一等さ」と、ライオン。

「どいつもこいつも帽子に不向きな頭をしやがって。この俺への嫌がらせか？」と、帽子屋は顰《しか》めっ面を振りながら両手をひろげた。

そうしてしばらく楽しく盛りあがったところで、三月兎が麻雀をやろうかと言いだした。

「それはいい」と、腕に覚えのあるライオン。

「よろしいけど、徹マンはなしよ。お肌に悪いもの」と、ユニコーン。

「アリアリだろ。二抜けでいいな。レートはどうする？」と、矢継ぎ早に雀蜂。

「もう何年も打ってないから、役やら何やら憶えているかなあ。最初は俺が見学にまわるよ」と、帽子屋は自信なさそうだった。

「では、奥の遊戯室に場所替えしよう」

三月兎は一同を連れて廊下を辿り、つきあたりのドアの鍵をあけた。雀蜂も何度となくゲームをしたことのある、こぢんまりとした真四角の部屋だ。鍵をポケットにしまいながら三月兎は雀牌を用意し、早速場所決めがされて、第一局がはじまった。

そこで雀蜂がふと不安げに、

「せっかく話を聞いてもらってるのに、坊やに麻雀のことなんか分かるかな？」

「麻雀ならそこそこやってるから大丈夫」

智久がけろりと答えたので、

「それは頼もしい」

雀蜂は安心して話を続けた。

打ちはじめると、自分から誘っただけあって、三月兎は手つきから違っていた。山積みも理牌《リーパイ》も早いこと早いこと。立て続けに満貫《まんがん》手をあがるかと思えば、親が大物狙いと見るやさっさと鳴き散らして安アガリと自由自在。次の手練れはライオンだろう。どっしり構えて手を育てるだけ育てるので、いざリーチがかかったときの威圧感は凄まじい。

「おいおい、先ヅモするなよ。今度やったら満貫払いだからな」と、三月兎に文句をつけるライオン。

「鳴かぬなら、これも通そうホトトギス」と、雀蜂。

「やあん。自分で三枚も捨てたのがドラ？　リーチするんじゃなかったわ」と、ユニコーンは首を振り振り嘆いてみせる。

雀蜂の捨て牌に観戦の帽子屋が「えっ？」と声をあげたので、「そういうの、やめてくれないかな」と顰蹙《ひんしゅく》を買う場面もあった。

最初の半荘《ハンチャン》はライオンがトップ、二位が三月兎、三位がユニコーン、そしてその三人から洩れなく直撃を喰らった雀蜂がラスに沈んだ。

三月兎と帽子屋が交代して二回戦。いきなり親の雀蜂の白《ハク》・南《ナン》・ホンロウ・トイトイにユニコーンのリーチのおかげでドラ二がついてツモ。すっかり気をよくした雀蜂は、そこでゆったりと部屋を見まわした。

「おや、こないだ来たときとは壁紙の模様が変わってるな」

「何だ、今頃気づいたのか。張り合いがないことだ」

「私は気づいてたわよ。でも、これってエッシャー？」

「俺も気づいてたが、絵柄自体はエッシャーじゃないな」

雀蜂もよくよく見ると、四つ足の兎が右へ、立ち姿の兎が左へ、互いに図と地の関係になって走っている何百という同形反復の図柄が、ぐるりと周囲の壁に描かれているのだった。

「エッシャーふうのオリジナルだよ。いいだろう」

三月兎は自慢そうに胸を張った。

そうして半荘、また半荘と麻雀は続いた。徹マンはご免と言っていたユニコーンも少々負けがこんでいるせいか、いっこうに切りあげようとする気配がない。

「そういえば、麻雀のルーツを知ってるか？」

三月兎がそんな話を切り出した。

「いいや、知らんね」と、捨て牌に迷いながら帽子屋。

「麻雀の前身が馬弔《マーディアオ》、あるいは馬吊とも表記されるカードゲームだったことはほぼ確かだろうと言われている。これは四つのスーツからなる四十枚の札で遊ぶ、明の時代の遅くとも十七世紀前半に成立した遊戯だよ。縦長のお札のような形の紙製のカードを使う。そして面白いのは、西洋のいわゆるトランプも、この馬弔の原型が西洋に伝わってできたという説が有力視されていることだ」

「ほほう。麻雀もトランプも先祖は同じというわけか」と、ライオン。

「ああ。ただし、当時の馬弔はトリック・テイキング系のゲームで、今の麻雀のようなラミー系のゲームではなかったらしいがね」

「何だ？　そのトリック・テイキングとか何とかいうのは」

「トリック・テイキング系というのは、コントラクト・ブリッジのように、順ぐりに場に出された札のなかで最強の札がその一巡での勝ちを得るという原理で進められるゲーム。ラミー系というのは、ジン・ラミーのように、手札のなかで特定の組み合わせを作るという原理で進められるゲームのことさ。さて、そのラミー系ゲームとしての麻雀がいつ成立したかというと、寧波《ニンポー》の陳魚門《チエンユイメン》が清の同治《どうち》年間、すなわち一八六二年から一八七四年に、馬弔に牌九《パイゴウ》というゲームを組みあわせて作ったというのがいちおうの定説だ」

帽子屋が次の捨て牌にも大いに悩みながら、

「へえ。そこまで詳しく分かっているのか。こんなにややこしいルールを考案するとは、昔から頭のいい奴はいたってことだな。自慢じゃないが俺なんか、雀歴だけはけっこうなものだが、今でもルールの細かなところはかなり曖昧だ」

「それは大なり小なり、誰だってそうだろう」と、三月兎は鷹揚に言い、「まあ、ずいぶんルールは変わってきたんだろうがね。リーチなんてものも昔はなかったわけだし」

「あら、そうなの。私はリーチがないと困るわあ」

ユニコーンの言葉に、

「そりゃそうだろう。あんたの得意中の得意技はリーチ・ドラ7だものな」

ライオンはうふうふと笑い、迷った末の帽子屋の捨て牌に「おっと、それだ。チャンタ・イーペーコー・中《チユン》・南・ドラ2」

「おわああああああ」

そうしてなおも麻雀は続いた。東《トン》・南《ナン》・西《シャー》・北《ペー》とぐるぐるぐるぐるぐるぐる場が巡り、雀蜂はゆっくり回転するメリーゴーラウンドにひたすら乗り続けているような気分に囚われた。周囲のエッシャーまがいの絵がその感覚にいっそう拍車をかけるようだ。ほかの者もいささか集中力が途切れ気味になっているのだろう、トイトイやチンイツ狙いが眼に見えて多くなり、負けが込んだ帽子屋は無理な役満狙いでますます墓穴をひろげていった。

そんななかで雀蜂は何とか頑張ってプラスの二着を取り、抜け番となった。これまでも抜け番の者が（たいがい三月兎かライオンだったが）飲み物の給仕役を務めていたので、雀蜂も気分転換のために遊戯室を出て少し離れたキッチンに向かった。

薬缶に水を満たしてコンロにかけ、そのままひんやりした空気に額を晒《さら》した。それでも周囲の空間がゆっくり回転している感覚がなかなか抜けきらない。雀蜂はぐるりとその場を見まわした。独り暮らしの三月兎には充分すぎるくらいのキッチンだ。戸棚にコーヒー豆の壜、紅茶やココアの缶などが並んでいるのを見つけたので、回収してきたカップを洗い、五人ぶんの準備をすませた。

五分ほどして薬缶がシュンシュンいいだし、それぞれに湯を注いで飲み物を淹れた。少々小腹も空いていたのでクッキーのはいった壜を見つけて皿に盛り、ミルクや砂糖壺もトレイに載せて遊戯室に戻った。

遊戯室のドアをあけようとして、オヤと思った。鍵がかかっているのだ。

「おいおい。ふざけてないであけてくれ」

大声で呼びかけたが、返事がない。ノブをガチャガチャいわせても、かなり強めにノックしてもまるで無反応だ。いったいどうなっているのだろう。雀蜂は廊下の床にトレイを置き、改めてドアをドンドン叩きながら呼びかけたが、やっぱり部屋からは物音ひとつ返ってこなかった。

誰もいない？　揃ってこっそり抜け出したのか？　そんなはずはない。なぜなら一本道の廊下にはほかにドアがないので、遊戯室を抜け出たならキッチンの横を通るしかないからだ。いくらボンヤリしていても、あけ放しのキッチンの横を四人が通れば気づかないはずがない。かといって遊戯室には窓がないので、ドア以外から部屋を出ることもできない。結局四人は部屋のなかにいるとしか考えられないのだ。

ではなぜ返事をしない？　しかもなぜ鍵をかける必要がある？　雀蜂は訳が分からなかった。分からないままドアを叩き、声をかけ続けるうちに、これは徒事《ただごと》でないという想いがどんどん胸底から迫《せ》りあがってきた。

内側からはロックしただけだろう。合鍵があるかどうか分からないし、捜すあてもまるでない。力ずくでぶち破る？　だけどそんなことをして、実は何でもなかったら？　いや、それでも言い訳は立つだろう。何かあるのに、何もしなかったときのほうが責任重大だ。そんなことをぐるぐる考えた結果、雀蜂は力いっぱいドアを蹴りつけた。二度、三度、四度。そして五度目でドアはギシギシ緩みはじめ、八度目で掛け金部分が裂けてドアが勢いよく開いた。

なかの光景を眼にして、雀蜂は立ち竦んだ。部屋じゅうにとび散った血しぶき。四人は席順通りに座ったまま、三月兎はテーブルにつっぷし、ライオンは首だけ俯きになり、ユニコーンは後ろに首をのけぞらせ、帽子屋は体を捻じるような恰好で、いずれも全身傷だらけの血まみれになっていた。

そのまましばらく放心状態でいたように思う。そして我に還ると、今度はガタガタと震えが湧きあがって、自分ではどうしても止められなかった。けれどもいつまでもそうしているわけにはいかない。雀蜂は恐る恐るテーブルに近づいた。四人の顔や体を大きく走り巡っているのは鋭い刃物で切り裂いたような深い傷だった。そこから溢れ出す血はまだ止まりきってさえおらず、幾筋もボタボタと床に垂れ落ちている。とりわけのけぞったユニコーンの見開いた眼が恐ろしくてならなかった。

自分がこの遊戯室から出て、戻ってくるまでほんの七、八分だ。どんなに長く見積もっても十分はたっていない。そのあいだに何が起こったんだ？　いったい誰がこんなことを？　そんな物音も気配も全くなかった。だいいち四人とも抵抗した様子が全然ない。普通なら一人が殺された時点で、ほかの者は逃げ出すか何かするだろう。どんな早業でも、ほとんど同時に四人を殺すなんて無理だ。それにこの部屋には内側からロックが――。

そう考えたところで雀蜂はごくりと唾を呑みこみ、決死の想いを振り絞って三月兎の遺体に近づいた。そしてズボンのポケットに手をさし入れ、モゾモゾとまさぐってみたところ――あった。この部屋の鍵だ！　雀蜂は真鍮製らしい無骨なその鍵を眼の前につまみあげ、右から左からつくづくと眺めまわした。

これがここにあるということは、この部屋は密室だったということだ。つまり、この惨状は人の仕業ではない？　壁でも何でも素通りできる人知を超えた何者かが、一瞬のうちにこの部屋で凶行を繰りひろげた？　いや、そんな馬鹿な。そんな。雀蜂は何をどう考えればいいかも分からないまま、血まみれの部屋のなかで震え続けた。

雀蜂の言葉がしばらく途絶えたところで、

「へえ。で、それから？」

智久は身を乗り出すようにして催促したが、

「そこで眼が覚めたんだ」

返ってきた台詞《せりふ》に、大きな眼をパチクリさせた。

「え？」

「だから、そういう夢を見たんだよ」

「夢？」

一拍遅れて、智久はかくんと首を落とした。

「夢なの？」

そこで雀蜂はますます悲しげな声になって、

「そうだよ。夢だ。だが、眼が覚めてからもあの夢が頭を離れないんだよ。あれはいったい何だったのか。何者の仕業だったのか。そして何より、あの四人がどうしてあんな死に方をしなければならなかったのか。そのまま夢を見続けていれば、どういうかたちでか、その真相を知ることができたかも知れないじゃないか。でも、もうその手立てはすっかり失われてしまった。あの四人は理由も何も分からないまま、惨《むご》たらしく殺されただけで終わってしまうんだ。それがどうにも悲しくて……やりきれなくてね」

「うん？」と眉をひそめた智久は、

「でも、四人は現実の世界では無事なんでしょ？」

「あの四人は夢のなかだけに出てきたんだ。実際にはいないんだよ」

智久は再びパチクリと大きく眼を見開き、しばらく考えて、「そうかあ」と溜息まじりに呟いた。

「夢のなかだけに出てきた四人だけど、せめて事件の真相を知りたい。そうしてやることが四人への慰めになるんじゃないかってわけだね」

すると雀蜂はしげしげと智久に顔を向けて、

「そうだよ。いや、驚いたなあ。坊やは頭がいいんだねえ。もしかしたら、坊やなら真相を見抜いてくれるんじゃないかな。どうだろう。いっしょに考えてくれないか」

「夢の事件の真相を推理するんだね。面白いな。いいよ」

あっさり返した智久は改めて腕組みしながら右に左に大きく首を傾げた。

「じゃ、いろいろ質問していい？」

「ああ、もちろん」

「遊戯室がどんなふうだったか、もっと詳しく訊きたいんだ。暖炉とかはなかった？」

「なかったよ」

「換気口も？　クローゼットもなし？　床にカーペットは？」

「フローリングのままだったな」

「結局、抜け穴らしいものはなかったってことだね。部屋にはどんな家具や調度品があったの？」

「ゲーム用の戸棚がひとつだけ。背は僕と同じくらいで、ガラス戸つきで、横幅はそれほどなかったな」

「ソファもなし？　人が隠れるような余地もなかったわけだね。じゃあ、まわりの壁にも血しぶきはとび散ってた？」

「ああ、盛大にね。天井にも一部。床には血しぶきだけじゃなく、牌もいくつか転がっていたっけな」

「今その情景を思い返して、どんな印象？」

智久のその質問に雀蜂は空の彼方を見あげるようにして考えて、

「そうだね。改めて思い返してみると……まるで……一陣の旋風《つむじかぜ》が吹き荒れた感じかな」

「旋風《つむじかぜ》がね」

智久はしたりとばかりに頷いて、

「そこまでくれば、もうちょっと言い方を変えて、カマイタチというのはどう？」

その言葉に雀蜂は小さく首をのけぞらせ、そして勢いよく何度も振りおろした。

「だよね。雀蜂さんが遭遇した現場は瞬間的にカマイタチが荒れ狂ったというのにぴったりじゃない？　きっとそうなんだよ。四人を殺したのはカマイタチだったんだ」

「確かにそれがぴったりだけど……カマイタチというのは空気中にできた真空のことじゃなかったっけ。だけどそんなものが空気中にできるためには、まずそもそも風が吹いていなけりゃならないだろう。その風はいったいどこからやってきたというんだい？」

そんな反論にも智久はさらりと、

「風なら吹いていたんだよ。その部屋に、ずっとね」

「風って……もしかして、麻雀の風のことか？」

着ぐるみのせいで表情は変わらないまま、雀蜂は呆れ声をあげた。

「うん、そう。雀蜂さんも言ってたじゃない。ぐるぐるぐるぐるまわり続ける風のせいで酔ったみたいな感じになってたって。その風の巡りが瞬間的に物凄い勢いになって、カマイタチが発生したんだよ」

　雀蜂は慌てて手を振りながら、

「ちょ、ちょっと待ってくれ。そんなことがあるのか？　麻雀の風が強くなってカマイタチを引き起こした？……まあ、夢の話でもあるからな。だけど、どうしてその風の勢いが急にそんなに強烈になったんだ？」

　それにも智久は小憎らしいほど落ち着きはらって、

「普通に考えれば、それは風の吹いていた範囲が狭くなったからじゃないかな」

「風の吹く範囲が狭く……？」

「そう。フィギュアスケートの選手がスピンしてるとき、腕を大きくひろげているときはゆっくりだけど、腕を縮めて体にぴったりくっつけるほど回転が速くなるでしょ。ハレー彗星なんかも普段は七十五年かけてゆっくり周回してるけど、太陽の近くを通るときは速度がうんと速くなる。天文学ではケプラーの第二法則なんていうけど、要するに角運動量保存の法則だよ」

　雀蜂はしばらく無言のまま凍りついていた。そして急にぶるると首を横に振って、

「やっぱり君は普通の子じゃないな。きっと天が僕に引きあわせてくれたんだ！　じゃあ、じゃあ、どうして風の範囲が狭くなったんだい？」

首を突き出してせっつく雀蜂に、

「さあ。これはボクの想像だけど、夢のなかで雀蜂さんがキッチンに立ったちょうどそのとき、眠りが浅くなったんじゃないのかな」

「眠りが浅くなった？」

「うん。それまでは眠りが深かったから、見ていた夢全体のスケールも広かったんだと思う。それが、単に眠りが終わりに近づいたのか、それとも寝ている雀蜂さんの耳元で虫がゴソゴソ動くか何かしたのか、眠りが急に浅くなったせいで、夢全体のスケールがいっきにぎゅっと縮まったんだよ。だからそれに伴って、風の吹く範囲も大幅に狭められてしまったんだ」

「ああ」と雀蜂は嘆息して、

「そういえば夢から覚めたとき、揺らめくカーテンからの光が眩しかったな。あれが眼にちらついていたのか？……そのせいで四人が……？」

雀蜂は項垂れ、長い長い溜息をついた。

「仕方ないよ。夢を見ている人にとって、そういうのは不可抗力だもの」

智久の慰めに「有難う」と返して、

「ただ……目覚めたあとも分からないことがあるんだ。ここは僕がいた世界じゃない。僕はこんな世界を知らないんだよ。いったいここはどこなんだ？　もしかしたらあそこで目覚めたというのも夢で、僕はずっとそんな夢を見続けているんだろうか」

「世界が違う――？　そうなんだ」

意外そうに呟いた智久は青く晴れわたった空を見あげ、しばらく何かを捜すようにじっと見つめていたが、やがてぽつりと話題を移した。

「ボクは麻雀というゲームを覚えたときから面白いなと思ってたんだ。きっとみんなも初めはそうだったんだろうね。それは、麻雀での風――つまり東南西北《トンナンシャーペー》の方角が実際の方角とは逆というのか、裏返しになってることだよ」

雀蜂もその話題に応えて、

「方角が？　ああ、そうだ。確かにそうだったな。僕も確かに初めはへえと思ったよ。ただ、すぐにそんなこと、意識もしなくなってしまったけどね」

「そうだね。方角の向きがどうあれ、ゲームをやるぶんには何の支障もないんだから」

そして智久は「いい？」というような目配せを寄こし、

「雀蜂さんの話にも麻雀のルーツという話題が出てきたけど、麻雀が成立した最初期の頃は字牌がいろいろ揺れ動いてて、風牌が『公侯将相』や『青山白雲』だったり三元牌が『白鳳龍』や『天地人』だったりする牌も残ってるけど、それでも割合早いうちに風牌は『東南西北』と固定したみたいで、きっとその当初から方角は逆になってたんだろうね。そして、どうしてそんなふうになったかについては、『もともと神々のゲームであった麻雀を教えられた人間が、いつも神々を見あげていた通りの方角順でゲームをしたので、麻雀の方角は地上でのものとは逆向きになった』なんて言い伝えが流通してるけど、聞いたことない？　実際この逆向きの方角は、天体図——つまり見あげた星空を写し取った図における方角の向きと同じなんだよね」

そんなことをスラスラと言ってのける智久にも、もう雀蜂はさほどの驚きを見せなかった。

「だけど、この説明はちょっと聞くともっともらしいけど、よく考えるとどうなのかな。麻雀をやるとき、ボクらは俯いて眼の前の卓を見てる。その卓に見あげたときの天上の方角をさかさに貼りつけることで、神々との繋がりを表象なり体感なりすることができるという説明には、やっぱりどうにも具合の悪さを感じない？　少なくともボクにはそうだよ。卓にも通常の方角をそのまま適用したほうが、よっぽど神々との繋がりを感じられると思うんだけど。

そうだよ。麻雀をやるとき、ボクらの視線は下向きになってる。だから、この説明も逆にしなきゃならないんだ。ボクらは空じゃなく、壺のなかを――日本的な比喩なら茶碗のなかを覗きこんでいるんだよ。いっぱいに張られた水にさかさまに映っているむこう側の世界をね。ただし、方角の向きという点からすればむこう側の世界こそが現実で、そこを覗きこんでいるボクらのほうが、その現実を鏡に映したさかさまの世界にいるわけなんだけど」

尻あがりに熱っぽさをこめて智久は言い切った。

「むこう側が現実……？」

雀蜂はそう繰り返して、ぶるっと肩を震わせた。

「ここは鏡のなかの世界なんだって……？」

「うん。きっとね。だからこそ雀蜂さんはボクと出会ったんだよ。ボクもこの鏡の国に迷いこんで、あちこち彷徨《さまよ》っている最中だったんだから」

「そうか。君は初めからそのことを知っていたんだね。……それで、僕らはもとの世界に戻れるんだろうか」

「それはボクにも分からない。ただ、雀蜂さんの場合はこっちに来たきっかけがはっきりしてるんだから、それをもう一度逆に辿ればいいんじゃないのかな」

「逆に辿る？」

大きく首をひねった雀蜂に、

「そう。雀蜂さんの場合は夢と思っていたのが現実で、覚めて戻ったはずのこの世界が鏡のなかだったんだから、もう一度夢を見れば現実に戻れるんじゃない？」

「ああ、そうか。そういえばあれから一度も眠ってなかったな。全然眠くならなかったし、眠る気にもなれなかったし。君と喋ったおかげでずいぶん胸のつかえは取れたけど、今でも眠気のかけらさえないよ。このあと、本当に眠れるのかな」

すると智久は眼をくりくりさせて、

「また徹マンでもしてみたら？」

「ああ、なるほど。それはいいかも知れない。有難う、本当に有難う」

雀蜂は智久の両手を取って、何度も繰り返し頭をさげた。

「それにしても、君は本当に不思議な子だな。信じられないくらい頭がいいのもそうだけど、おかしなことをいっぱい知ってるんだね」

智久は頭に手を巻きつけるようにして照れて、

「じゃあ、もうひとつおかしなことを教えてあげる。さっき言った『人間がいつも神々を見あげていた通りの方角順でゲームをしたので、麻雀の方角は地上でのものとは逆向きになった』っていうやつ、今ではすっかり昔からの言い伝えみたいになってるけど、実はこれ、日本で大正の終わりか昭和の初め頃、福地信世《ふくちのぶよ》という地質学者が冗談で言いはじめたことなんだそうだよ」

「え、そうなのかい」

「うん。で、そうなると、じゃあ方角が逆向きになった本当の理由はというところに話を戻さなきゃならないけど、これに関しては諸説あってよく分からないというのが公平なんだろうね。ただ、ボクとしては割合単純なことじゃないかと思うんだ。車座になってゲームをするとき、日本では昔から時計回りの順番を《泥棒回り》と言って嫌ってたんだよ。それは着物の衿は左を上に重ねるので、ゲームのプレイヤーが左隣へと移っていく場合、プレイヤーがのばした手が次のプレイヤーの懐にはいりやすい恰好になるせいなんだね。この慣習は中国からのものだと言われていて、アジア圏では全般的にゲームを反時計回りに行なう国が多いらしい。もちろん麻雀もそうだよね。で、この反時計回りに、中国語で語呂がいい『東南西北』という方位順をあてはめた結果、通常の方角とは逆向きになってしまったというのが実際のところじゃないのかな」

雀蜂はつくづく畏れ入ったという素振りで首を振り、

「本当に君は凄いね。……だけど、その言い伝えが作り話なら、《空を見あげた》というのをひっくり返して《壺を覗いている》としたのも絵空事の上乗せになってしまうんじゃないのかな。そうなると、本当に僕が戻れるかというのも――」

不安げに声を途切らせたが、智久はにっこりと眩しいくらいの笑顔で、

「大丈夫だよ。そもそもこの鏡の国に雀蜂さんが登場するというのは、書かれなかった物語なんだから」

「書かれなかった物語？」

雀蜂は着ぐるみの下でさぞ眼をパチクリさせたに違いなかった。

「そうだよ。だから削除され、何もかもなかった状態に復元されるよ。こうしてボクがお相手して喋ってることもね」

智久はそこでぴょこんと立ちあがり、「じゃあね」と、手を振りながら歩き去っていった。

雀蜂も手を振りながらその姿を見送った。少年の姿がすっかり見えなくなるまで。

そしてゆるゆると手をおろした雀蜂は青く晴れわたった空を仰ぎ見た。

風が吹いている。

草木の葉を音もなくなびかせて吹きわたる風。

木洩れ日のうつろいや水面のきらめきを描き出しながら吹き過ぎていく風。

それはこの世界をすっぽり包みこんで、はるか彼方までぐるぐるぐるぐる吹き巡っているように思われた。

文庫版あとがき

　この『トランプ殺人事件』はゲーム名をタイトルに掲げるというコンセプトからすれば本来は『ブリッジ殺人事件』とでも命名すべきだったのだが、何しろコントラクト・ブリッジというゲーム自体日本ではあまりにも知名度が低いため、営業政策上もあって〈トランプ〉という遊具名を冠することにした。この決定にあたっては、のちに『ポーカー殺人事件』や『大貧民殺人事件』を書くつもりがなかったことも大きい。

　もっとも、作品中にも繰り返し書いているように、海外、特に欧米ではコントラクト・ブリッジは極めてメジャーなゲームで、ミステリの世界でもアガサ・クリスティの『ひらいたトランプ』を筆頭に、題材として取りあげている作品は数多い。また、現在、夏期オリンピックにあわせてワールド・マインド・スポーツ・ゲームズという頭脳ゲームの国際大会が開かれ、チェス、チェッカー、囲碁、象棋《シャンチー》とともにコントラクト・ブリッジが正式競技となっている。

ところで僕自身がコントラクト・ブリッジを覚えたのがいつだったか、正確には記憶していないのだが、せいぜいこの作品を手がける一年くらい前だったように思う。それもきちんと系統的に学んだわけではなく、仲間うちでワイワイ手探りしながらはじめただけなので、当時の技量は全くの初級者レベルだった（もっとも、今でもたいして上達しているわけではないのだが）。そんなレベルでありながら三作目のモチーフに選んだのは我ながら無謀というほかないが、それだけこのゲームが面白くてたまらず、少しでも世に知らしめたいという想いが強かったのだろう。そしてまた、そんなレベルでありながら、どうすればそれらしくミステリに組みこめるかということで、思いついた趣向が暗号だったのだが、そもそもビッドのシステム自体が巨大な暗号体系であるため、この連想は容易だった。

以前からパズル的なことが好きだったせいか、どうやら暗号作りは得意なほうらしいという自覚もあり、どうせそれを中心に据えるなら、思いっきり複雑にしてやれとあれこれひねくりまわした結果、かなり濃厚な暗号小説に仕あがったのではないかと思う。

さて、この『トランプ殺人事件』も前二作同様、今では大きく状況が変わってしまった部分が多くなった。そのひとつが〈分裂症〉という名称で、これが〈統合失調症〉と改称されたのは若い読者を除いて未だ記憶に新しいところだろう。そしてその新しさ故に、名称だけ入れ替えると精神病理学を巡る作中の時代的状況とちぐはぐになってしまうため、記録的な意味も考えて、そのまま残すことにした。

もうひとつ大きな状況変化は、作中でスタンダードとされているビッドのシステムは既に廃《すた》れて、現在は〈ファイブ・メジャー〉というシステムが主流になっていることだ。その最も大きな違いは、メジャー・スーツでオープンするときには五枚のスーツが必要とされる点である。かつて、この『トランプ殺人事件』によってコントラクト・ブリッジを覚えたという読者からの声もけっこう耳にしたが、そういうわけで、今は本書を入門書代わりにすることはあまりお勧めできない。是非ともやってみたいという方には、日本コントラクトブリッジ連盟に問いあわせ、きちんとした入門書を取り寄せるようお勧めする次第である。

なお、『ポーカー殺人事件』や『大貧民殺人事件』を書く気がなかったのは確かだが、チェス、オセロ、連珠の三つは機会があれば書いてみたいと当時から考えていた。その後、「チェス殺人事件」は短編で書き、『連珠殺人事件』も『涙香迷宮』のかたちで実現させたところ、今回の講談社文庫でのゲーム三部作の再刊にあたり、編集

サイドからの要請もあったので、この機にと「オセロ殺人事件」「麻雀殺人事件」も
ボーナス・トラックとして書きおろした。ご笑覧を。

このゲームの最果てに

宮内悠介（作家）

これ以上なく美しく締めくくられた一篇に、つけ加えられることはあるだろうか。ない、とぼくは思う。

「天野は自分のハンドの♠Qを頼もしく見つめた。（中略）ふと天野はその女王の右頬に小さな黒い点があるのを見つけた。指で拭いても取れない。印刷のときからついていたしみだろう」（本書五七‐五八頁）

だからこの解説は、いうなればカードについた一点のしみのようなものとなるだろう。本篇を未読のかたは、できるなら解説など抜きに、この類稀《たぐいまれ》な奇書に幻惑されてもらいたいと願う。ぼくが小説というものに求める一つの理想型が、ここにある。

もっとも、この本ではじめて竹本健治氏の作品を手に取り、そしていま、解説から読みはじめたかたもおられると思う。ことによると、既存の小説のありようや約束事を打ち壊すような、本書の型破りさに戸惑う向きもあるかもしれない。

そこで一点のしみとなることを承知で、筆者なりに補助線を引いてみたいと思う。

まず、著者の伝説的なデビュー作となった『匣《はこ》の中の失楽』は、探偵小説専門誌の「幻影城」に連載された。つづく作が、『囲碁殺人事件』『将棋殺人事件』に本書を加えた〈ゲーム三部作〉であるので、最初期の作と位置づけて差し支えないだろう。そしてまた、『将棋殺人事件』に端を発し、『トランプ殺人事件』『狂い壁 狂い窓』とつづく、人間精神の深淵に迫る〈狂気三部作〉の中間点にもあたる。

以降、「狂気」は著者にとってテーマの一つとなっていく。

ここで重要人物となるのが、精神科医の天野不巳彦だ。本書において天野は、ほとんど中心的な役割を担《にな》っている。謎の舞台となるのは、大正時代にフランス人が建てたという白い洋館。主人は園倉という素封家《そほうか》の四男坊で、天野はそこで催されるブリッジの会に出席するようになる。そしてある晩、奇妙な消失事件が発生する……。

事件に対峙するのは、〈ゲーム三部作〉おなじみのキャラクターたちだ。のちに天才囲碁棋士として竹本作品のシリーズ探偵となる牧場智久少年、その姉であるミステリマニアの典子、そして大脳生理学者である須堂信一郎。

三者のサイドストーリーもシリーズの魅力であるので、順序としては、やはり一作目の『囲碁殺人事件』から読むのが望ましいだろう。もっとも、作品としてはそれぞれ独立しているため、とりあえず竹本健治のとんでもなさに触れたいというかたは、本書から入ることも一つの選択肢であるかもしれない。

ここにあるのは、清潔で端正な文体を維持しながらも、それでいて作中人物のみならず、読者までもを狂気へ誘《いざな》うような、もの書く人間であれば一度は夢想しながらも、まずもって手にできない果実だからだ。

ざっと見取り図を描いてみよう。

著者のデビュー作『匣の中の失楽』は、いわゆるアンチ・ミステリーに分類される。いきなりアンチ・ミステリーなどといわれると身構えてしまうのが人情だが、乱暴にいってしまうならば、ミステリーという形式を前衛的なまでに推し進め、結果として、ミステリーであるかどうかさえ曖昧模糊とした作品群――となるだろうか。

たとえば、『匣の中の失楽』を世に送り出したのは中井英夫だといわれている。中井は編集者として寺山修司や塚本邦雄といった歴々たる歌人を世に送り出し、自らもまた、『黒死館殺人事件』『ドグラ・マグラ』と並んで「三大奇書」と呼ばれる『虚無への供物』を著したことで知られる。この『虚無への供物』は、自己撞着的なまでにミステリーでありながら、なおミステリーであることを自ら拒むような作でもあった。『匣の中の失楽』は、中井的なるアンチ・ミステリーを目指した一作といえる。

一転、〈ゲーム三部作〉の『囲碁殺人事件』では、タイトかつ緻密な謎解きが描かれ、デビュー作と好対照をなす。ついで『将棋殺人事件』は幻想的な変格物といえる内容。そして本書は、（『匣の中の失楽』のように）作中作を通じて現実の軸が揺らぐような構成を含め、ひとまずは、アンチ・ミステリーと呼べそうである。

「フフ……だけど、オヤオヤ、今私が言ったことすら、もしかすると作り事かも知れませんよ。……アハハハ……ハ……どうなっているんでしょうか」（本書三七頁）

作中に登場する精神病者とされる者の独白だが、これなどは、典型的なアンチ・ミステリーっぽさを醸し出している。ほかにも、冒頭からいきなり登場する「注意書き」や謎のメモ、そしてトランプゲームであるコントラクト・ブリッジの用語が頻出したりと、通常の小説を予期していると、頬をはたかれることになる。

あるいは、生真面目にブリッジの用語を検索しはじめたりしてしまうかたもいるかもしれない。が、安心していただきたい。本書を楽しむ上で、ブリッジの知識は必要ない。また、ブリッジの知識があればもっと楽しめたかもしれないと後悔することにもならない。必要最低限のことは、のちに作中で述べられることとなる。

むしろここは、おおいに戸惑い、幻惑されていいだろう。何を隠そう、ぼくもそうだったからだ。しゅんとしてしまう必要もないし、なんなら、わからない箇所は飛ばしてしまってもいい。それでもなお、本書のワンダーは万人に開けているのだ。

「……また現に、今の治療を支える《正常に対しての異常》という根本的な精神病の見方を問いなおす動きとして、『反精神病理学』という考え方が提唱されたりしている。……要するに僕らはまだまだ何も分かっちゃいないんです」（本書二三三頁）

件《くだん》の精神科医、天野の言である。この後も、天野は竹本作品にたびたび登場するが本作において天野は自らの心身のバランスを崩すまでに患者と向かいあい、精神医学と「反精神病理学」に挟まれ、懊悩し、こうした告白に至る。

ところで、精神医学を本格ミステリになぞらえるならば、反精神病理学はアンチ・

ミステリーにほかならない。もちろん、作中の天野の姿が、私小説的に著者自身を映し出したものだというつもりはない。しかし、『匣の中の失楽』という「反精神病理学」で華々しく登場し、ついで『囲碁殺人事件』を著した竹本健治は、アンチ・ミステリーと本格ミステリの相剋をデビュー直後から抱えていたのではなかったか。

してみると、本書はどこへ向かっていく作なのだろうか。

いや、すでに読み終えたかたには、承知のことであると思う。本書がいかに精緻に作り上げられ、さまざまなピースが密に回収されているかを。そしてそうだからこそ、〈ゲーム三部作〉中でも群を抜いて美しい幕切れを迎えるのだということを。

すなわち、こう。

『トランプ殺人事件』は、アンチ・ミステリーの要素を抱えながら、タイトな本格としても成立しているのだ。しかしそれは、通常の手段では到達しえない領域となる。

「藁葺《わらぶ》き屋根の古い家。柱も黒光りして斜めに傾いている」（本書一六四頁）

『トランプ殺人事件』が前作の『将棋殺人事件』から次作の『狂い壁狂い窓』につづく、〈狂気三部作〉の真ん中にあたることは、先に触れた。さらにその蝶番《ちょうつがい》――本書の中心に据えられた「Ｊｏｋｅｒ」の章では、幼少期の天野の実家での恐怖体験と、その後の精神科医としての目覚めが描かれる。

恐怖体験といっても、わかりやすい怪異のごときものはない。ただ、ぽかりと暗い穴が空いている。過剰な装飾やこけおどしはなく、淵がそこに開けている。そして、正気と狂気の融けあったその狭間から、天野は懸命に手を伸ばす。まるで、人智の及ばないゲームの最善手を求めるように。

ＳＦ評論等を多く著した大内史夫氏は、この章の重要性に気づくとともに、ここで「柱が傾いている」ことに着目した。のちに人間の精神の歪《ゆが》みに興味を抱く天野が、ここで家という小宇宙の歪みに誰よりも早く気がついたのであると。

宇宙の柱。

それはすなわち、座標軸ともいえる。座標軸の直交しない、ねじれた宇宙においてこそ、アンチ・ミステリーと本格ミステリの融合は果たされる——。「狂気」は本作の中心的なテーマであると同時に、両者を橋渡しする重要な鍵でもあるのだ。

作中では、精神医学と反精神病理学に挟まれながら、それでもなお、新たな一人の医師として屹立してみせる天野の姿が描かれる。それはデビュー以来、アンチ・ミステリーと本格ミステリの相剋を抱えながら、それを狂気によって止揚し、一人の作家として新たに立ち上がってみせた、若き日の竹本健治を彷彿とさせないだろうか。

ところで、本書を含む〈ゲーム三部作〉は流浪のシリーズでもある。まずCBSソニー出版より刊行されたのち、本作の場合は新潮文庫に入り、『定本ゲーム殺人事件』にまとめられてからは角川文庫に入り、創元推理文庫で復刊されたのち、いまふたたび、講談社から復刊される運びとなった。これを機に、ぼくを含む一部の好事家が長年待ち望んでいた（そして作者が渋っていた）「麻雀殺人事件」がついに新たに書き下ろされることになったのが、ファンとしては嬉しいところ。しかし、四十年近い年月を、こんな形で生き存《ながら》える作がどれだけあることか。

ほかにも、筆者の趣味で並べてしまうならば、『匣の中の失楽』『カケスはカケスの森』『ウロボロスの偽書』『閉じ箱』『入神』『フォア・フォーズの素数』……竹本作品は、ほとんど伝説のオンパレードだといえる。ふたたび伝説を塗り替えた近作の『涙《るい》香迷宮《こうめいきゆう》』については、『囲碁殺人事件』（本講談社文庫版）での法月綸太郎氏の解説に詳しい。つけ加えるならば、暗号ミステリとしての『涙香迷宮』の源流の一つは、本作に見出すことができる。

それにしても、いかにして一人の人間がこれだけの伝説を築くことができるのか。

実は、その秘密の一端が、これ以上なく明瞭な形で本書中に示されている。

「だいたい小説家の処女作ってこうなるらしいわ。あるだけのものをぶちこんでしまおうという傾向にね。……慣れてくると小出しにして使おうとする。狡《ずる》くなるのよね」(本書一八四頁)

裏を返せば、小説とはすべてを注ぎこむものである、と読める。

この若気の至りのような一文を、しかし竹本は戒めのように頑《かたく》なまでに守りつづけ、新作ごとにすべてを注ぎこんできた。かの中井英夫が、小説とは天帝に捧げる果物であり、一行たりとも腐っていてはいけないとしたように。

本書は、２００４年9月に創元推理文庫から刊行された『トランプ殺人事件』に、書き下ろし短編「麻雀殺人事件」を加えたものです。

JASRAC 出 1702944-702

|著者| 竹本健治　1954年兵庫県相生市生まれ。東洋大学文学部哲学科在学中にデビュー作『匣《はこ》の中の失楽』を伝説の探偵小説誌「幻影城」に連載、'78年に幻影城より刊行されるや否や、「アンチミステリの傑作」とミステリファンから絶賛される。以来、ミステリ、SF、ホラーと幅広いジャンルの作品を発表。天才囲碁棋士・牧場智久が活躍するシリーズは、'80〜'81年刊行のゲーム3部作（『囲碁殺人事件』『将棋殺人事件』『トランプ殺人事件』）を皮切りに、『このミステリーがすごい！ 2017年版 国内編』第1位に選ばれた『涙香迷宮』まで続く代表作となっている。

トランプ殺人事件《さつじんじけん》

竹本健治《たけもとけんじ》

2017年4月14日第1刷発行
2017年4月28日第2刷発行

発行者――鈴木　哲
発行所――株式会社　講談社
東京都文京区音羽2-12-21　〒112-8001
電話　出版（03）5395-3510
　　　販売（03）5395-5817
　　　業務（03）5395-3615

Printed in Japan

講談社文庫
定価はカバーに
表示してあります

デザイン―菊地信義
本文データ制作―講談社デジタル製作
印刷―――豊国印刷株式会社
製本―――株式会社国宝社

ISBN978-4-06-293633-0

講談社文庫刊行の辞

二十一世紀の到来を目睫に望みながら、われわれはいま、人類史上かつて例を見ない巨大な転換期をむかえようとしている。

世界も、日本も、激動の予兆に対する期待とおののきを内に蔵して、未知の時代に歩み入ろうとしている。このときにあたり、創業の人野間清治の「ナショナル・エデュケイター」への志を現代に甦らせようと意図して、われわれはここに古今の文芸作品はいうまでもなく、ひろく人文・社会・自然の諸科学から東西の名著を網羅する、新しい綜合文庫の発刊を決意した。

激動の転換期はまた断絶の時代である。われわれは戦後二十五年間の出版文化のありかたへの深い反省をこめて、この断絶の時代にあえて人間的な持続を求めようとする。いたずらに浮薄な商業主義のあだ花を追い求めることなく、長期にわたって良書に生命をあたえようとつとめるところにしか、今後の出版文化の真の繁栄はあり得ないと信じるからである。

同時にわれわれはこの綜合文庫の刊行を通じて、人文・社会・自然の諸科学が、結局人間の学にほかならないことを立証しようと願っている。かつて知識とは、「汝自身を知る」ことにつきていた。現代社会の瑣末な情報の氾濫のなかから、力強い知識の源泉を掘り起し、技術文明のただなかに、生きた人間の姿を復活させること。それこそわれわれの切なる希求である。

われわれは権威に盲従せず、俗流に媚びることなく、渾然一体となって日本の「草の根」をかたちづくる若く新しい世代の人々に、心をこめてこの新しい綜合文庫をおくり届けたい。それは知識の泉であるとともに感受性のふるさとであり、もっとも有機的に組織され、社会に開かれた万人のための大学をめざしている。大方の支援と協力を衷心より切望してやまない。

一九七一年七月

野間省一

竹本健治の文庫本

『新装版 匣の中の失楽』

現実と虚構の狭間に出現する
5つの「さかさまの密室」とは?
弱冠22歳の時に書かれた1200枚の巨編は
「新本格の原点」、「第4の奇書」と呼ばれる
伝説の傑作となった!
幻のサイドストーリー「匳《こばこ》の中の失楽」も収録。

講談社文庫
定価:本体1450円(税別)

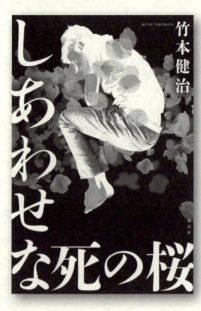